孙静·著

绝妙好文

文言名篇讲析

北京大学出版社
PEKING UNIVERSITY PRESS

图书在版编目 (CIP) 数据

绝妙好文：文言名篇讲析 / 孙静著 . —北京：北京大学出版社，2021.5
ISBN 978-7-301-32132-4

Ⅰ . ①绝… Ⅱ . ①孙… Ⅲ . ①文言文—鉴赏 Ⅳ . ① I206.2

中国版本图书馆 CIP 数据核字 (2021) 第 065378 号

书　　名	绝妙好文：文言名篇讲析 JUEMIAO HAOWEN: WENYAN MINGPIAN JIANGXI
著作责任者	孙　静　著
责任编辑	徐　迈
标准书号	ISBN 978-7-301-32132-4
出版发行	北京大学出版社
地　　址	北京市海淀区成府路 205 号　100871
网　　址	http://www.pup.cn　　新浪微博：@ 北京大学出版社
电子邮箱	编辑部 wsz@pup.cn　　总编室 zpup@pup.cn
电　　话	邮购部 010-62752015　发行部 010-62750672 编辑部 010-62707742
印 刷 者	天津和萱印刷有限公司
经 销 者	新华书店
	880 毫米 ×1230 毫米　A5　7.75 印张　186 千字 2021 年 5 月第 1 版　2025 年 7 月第 2 次印刷
定　　价	39.00 元

前　言

我国很早就有重辞的传统，而且深知言辞美妙动人，在成事上的重要作用。《左传》襄公二十五年记载孔子之言曰："言之无文，行而不远。晋为伯，郑入陈，非文辞不为功。慎辞也！"所谓"言之无文"，即言辞不美；所谓"行而不远"，即不能广泛传播。也就是说言辞缺乏文采，不能得到人们的喜爱，就不能有很大的影响力。"伯"即"霸"，所谓"晋为伯"，指晋国成为当时众多诸侯国的霸主；"郑入陈"，指郑国攻灭陈国后，子产陪侍郑国的国君去朝见晋君，带着很多贡品，但客馆褊窄，容纳不下。子产遂下令拆了客馆的垣墙。晋国对此进行指责，子产据理力驳，结果赵文子以为子产所言有理，乃重修诸侯客馆。晋国的叔向评论此事说："辞之不可以已也，如是夫！子产有辞，诸侯赖之，若之何其释辞也！""已"是停止之义，叔向这句话的意思是说，言辞如此重要，不可以不重视，郑国的子产有辞说，各国诸侯都跟着借了光，怎么可以不重视辞说呢？"释"是丢开不要的意思。

古人以辞命交往，对草拟辞命都十分用心，不惜花费工夫和力气。《论语·宪问》载："子曰：'为命，裨谌草创之，世叔讨论之，行人子羽修饰之，东里子产润色之。'"孔安国注："谋于野则获，于国则否。郑国将有诸侯之辞，则使乘车以适野，而谋作盟会之辞。"马融注："更此四贤而成，故鲜有败事。""为命"即起草辞命。裨谌是郑国的大夫，由他起草，但他如果在都城筹划，就往往不相宜，去郊野筹划就有很好的结果。"国"指都城。所以每逢有诸侯之间的事情，需要造作辞命了，就让他乘车去郊野谋划。他起草了以后，还要经过三个人的打磨。一是世叔，即郑大夫游吉。由他"讨论"。"讨"是治之义，"论"即反复推敲。

一是行人子羽,“行人”是当时对使臣的称呼。子羽即公孙挥,辞命要经过他“修饰”,修改整饬。一是东里子产,即郑国的子产。再经过他“润色”,即进一步美化文字,使更具文采。子产居住在东里,故以东里为号。“更”是经过的意思,“四贤”即裨谌、世叔、子羽、子产,经过这四个人,才最后作成。因为辞命作得好,所以事少有不成功的。“鲜”,少。“败事”,事未做成。

我国古文献中流传下来一部《尚书》,它是古代朝廷文献的汇编。其中时代过早的,如《尧典》《皋陶谟》等,那时还没有发明文字,当属后人据口头流传追记,不能视为当时文字的本色。但其中的《盘庚》三篇,则可信度很高。甲骨文证明,盘庚时期我国文字已相当发达。这三篇都是记言体,记录盘庚迁殷时对臣民发布的告诫,其中对臣民威之以天命刑罚,谕之以利害道理,很有说服力。语言表达上,不仅能传出盘庚的训示口吻,而且善用比喻,生动明晓地阐明问题。如形容小事可能酿成大变说:“若火之燎于原,不可向迩,其犹可扑灭!”“向迩”,靠近。就像野火燎原,人都不可靠近,还怎么能扑灭!后来“星火燎原”的成语,就出于此。注意文字表达的技巧,其传统源远流长。

春秋战国时代,是汉字表达能力和技巧的大开发时期。诸子散文对说理文字的表现潜力,历史散文对记事文字的表现潜力,都进行了深入的开掘,获得了辉煌的成就。以历史散文《左传》的记事笔墨来说,它记载头绪纷繁的历史事件,善于结构安排,有条不紊,并往往带有曲折引人的故事性;记述人物言行,善于抓住要害,要言不烦,并置于矛盾冲突的场面和事件纠葛之中,能清晰地展现出人物的个性风貌;语言锤炼得精练生动,富于表现力,不做细腻的描写,简笔传神,往往一两笔的勾勒,便神采毕现。诸子散文是表述各家思想的说理文字。它们虽然意在说理,但都很讲究修辞技巧,注意锤炼形象化的语言，还多运用寓言故事和史事传说论证问题，生动引人。《论语》为语录体，文字洗练，记言能传达人物的声口、性情、神态。《墨子》文章虽不尚词采，但逻辑谨严，说理透彻，别具一格。《老子》更以韵文形式，用极简括的语句表述深邃的哲理，别有风味。《荀子》《韩非子》都结构谨严、逻辑周密、文采斐然。特别是《孟子》的雄辩，口若悬河，《庄子》的恣肆，天骨开张，都具有独特的风神，优美动人。它们都在开拓汉文字的表现潜能上，做出了卓越的贡献。诸子散文和历史散文在语言修辞、叙事描写、谋篇布局以及运用寓言等多种艺术手法上大大超越了前代。

古代中国的知识人被称作“士”。无士不文。甚至可以说，正因为能文才成为“士”，被称为“士”。中国进入官场的官，除了皇亲国戚，都是由士人来做的。特别是自隋代开始，实行科举制度，文笔成为基本的考核点，成为做官必跨的门槛。士人无不追求文笔斐然。重文不只是风气，也是士人必要的修养。所以到了唐宋时代，中国文坛已经涌现众多的文笔大师。“唐宋八大家”——韩愈、柳宗元、欧阳修、苏洵、苏轼、苏辙、王安石、曾巩，他们以各自独特的创造与开拓，将汉语的表达推上一个新境地。韩文气盛蹊异，挥洒自如；柳文深刻奇峭，字简境深；欧文纡徐自然，意远情浓；洵文博辩犀利，纵横恣肆；轼文收放自然，挥洒自如；辙文深沉醇厚，优柔秀美；王文简洁峻切，思深理力；巩文端庄质实，深刻有法。

“八大家”文树立了文章的新规范，后进竞相仿效，明代出现了唐宋派。主要代表人物有王慎中、唐顺之、茅坤和归有光。唐宋派以唐宋文为鹄的，虽尽其力追逐，但才力有限，难以超越前人。特别值得一提的是归有光。他虽亦承接唐宋文的传统，但另辟蹊径，别开生面。我国传统的古文并不乏细节描写以及故事性，如《史记·项羽本纪》中的片段“鸿门宴”“垓下之战”“霸王别姬”都是典型的例子，归有光继承了这种传统，却不囿于其中，而是跳出来，别辟表现天地。他用古文写生活琐事，另开一种文学境界，《项脊轩志》《寒花葬志》都是典型的代表，文字更通俗了，叙事更生动了，传情更深沉了，正如钱基博所说：“此意境人人所有，此笔妙人人所无，而所以成其为震川（归有光之号）之文，开韩、柳、欧、苏未辟之境者也。”（《明代文学》）归文成为中国古文中的一朵奇葩。

唐宋派之后，桐城派兴起。方苞、刘大櫆、姚鼐号称“桐城三祖”。直到白话文兴起，文坛几乎全是桐城派文的天下。胡适评论桐城派说：“唐宋八家的古文和桐城派的古文的长处只是他们甘心做通顺清淡的文章，不妄想做假古董”，“桐城派的影响，使古文做通顺了，为后来二三十年勉强应用的预备，这一点功劳是不可埋没的”（《五十年来中国之文学》）。这是说，桐城派古文比以前的古文更通俗明白了。实际上这是归有光通俗古文光照的结果，不过又表现到传统的古文中来了。桐城派文章号称“雅洁”，所谓“雅”，即俗而不白；所谓“洁”，即白而不繁。直至“五四”新文化运动到来，白话文兴起，它仍绵延不绝，流细而不涸，始终不失为一种表意的文字形式，甚至出现了半文半白的混杂文体，至今为人们所应用。

白话文兴起时，经典白话文名家，诸如胡适、朱光潜、朱自清等人，无不有深厚的古文基础，故其文字简明晓畅，白而有味。古文基础对提高文字表现水平的作用，在这些名家身上，充分体现出来了。以为古文已是老古董，对写作没有什么作用了，不是一种正确的观念。

这本小书就是想展示一下古文的魅力及其对提高写作水平的不可忽视的作用，期待更多的读者认识、了解古文的价值。

书名叫《绝妙好文》，这自然有与此前出版的《绝妙好诗》相配的意思,但更本质的意义是说选入本书的古文都是好文章,都具有独自的特色和创造,值得揣摩和咀嚼。希望这本书使读者有兴趣更多地接触传统文化瑰宝之一的古文。它不是一本传统意义上的系统的古文选本,虽然很多时代的文章都有,那是文章本身自然带有的特质,不是本书有意的对古文史的追求。全书只不过是想通过一些优秀的古文篇章,让读者对优美的古文及其伟大创造略尝一脔而已。

对选入本书的古文,本书都有讲有析。"讲"指释词,讲解古文词义;"析"指分析,指点文章的巧妙创造。有此两方面,既能读懂文章,也能体悟作者匠心所在,揣摩写作的技巧。欢迎读者对本书批评指正。

目 录

浪漫篇

想落天外　汪洋恣肆

——讲析《庄子·逍遥游》

庄子·逍遥游[①]

北冥[②]有鱼，其名为鲲[③]。鲲之大，不知其几千里也。化而为鸟，其名为鹏。鹏之背，不知其几千里也；怒而飞，其翼若垂天之云[④]。是[⑤]鸟也，海运[⑥]则将徙于南冥。南冥者，天池[⑦]也。《齐谐》者，志怪[⑧]者也。《谐》之言曰："鹏之徙于南冥也，水击[⑨]三千里，抟扶摇[⑩]而上者九万里，去以六月息[⑪]者也。"野马[⑫]也，尘埃也，生物之以息[⑬]相吹也。天之苍苍[⑭]，其正色邪？其远而无所至极邪？其视下[⑮]也，亦若是则已矣。

且夫水之积也不厚，则其负大舟也无力。覆杯水于坳堂[⑯]之上，则芥[⑰]为之舟，置杯焉则胶[⑱]，水浅而舟大也。风之积也不厚，则其负大翼也无力，故九万里，则风斯在下矣，而后乃今培风[⑲]。背负青天而莫之夭[⑳]阏者，而后乃今将图南[㉑]。蜩与学鸠[㉒]笑之曰："我决起[㉓]而飞，抢榆枋[㉔]，时则不至而控于地[㉕]而已矣，奚以之九万里而南为[㉖]？"适莽苍[㉗]者，三餐而反，腹犹果然[㉘]；适百里者，宿舂粮[㉙]；

适千里者，三月聚粮[30]。之[31]二虫又何知！

小知不及大知[32]，小年不及大年。奚以[33]知其然也？朝菌[34]不知晦朔[35]，蟪蛄[36]不知春秋，此小年也。楚之南有冥灵[37]者，以五百岁为春，五百岁为秋。上古有大椿[38]者，以八千岁为春，八千岁为秋，此大年也。而彭祖[39]乃今以久特[40]闻，众人匹[41]之，不亦悲乎！

汤[42]之问棘[43]也是已。穷发之北有冥海者，天池也。有鱼焉，其广数千里，未有知其修者，其名为鲲。有鸟焉，其名为鹏，背若太山，翼若垂天之云，抟扶摇羊角[44]而上者九万里，绝云气，负青天，然后图南，且适南冥也。斥鴳笑之曰："彼且奚适也？我腾跃而上，不过数仞而下，翱翔[45]蓬蒿之间，此亦飞之至也。而彼且奚适也？"此小大之辩也。

故夫知效一官[46]，行比一乡[47]，德合一君[48]，而征一国[49]者，其自视也亦若此矣。而宋荣子犹然[50]笑之。且举世而誉之而不加劝，举世而非之而不加沮，定乎内外[51]之分，辩乎荣辱之境，斯已矣。彼其于世，未数数然[52]也。虽然[53]，犹有未树也。夫列子御风而行，泠然善也[54]，旬有五日而后反。彼于致福[55]者，未数数然也。此虽免乎行，犹有所待者也。若夫乘天地之正，而御六气之辩，以游无穷者，彼且恶乎待哉[56]！故曰，至人无己，神人无功，圣人无名[57]。

尧[58]让天下于许由[59]，曰："日月出矣，而爝[60]火不息，其于光也，不亦难乎！时雨降矣而犹浸灌，其于泽也，不亦劳乎！夫子立而天下治，而我犹尸[61]之，吾自视缺然[62]，请致天下。"

许由曰："子治天下，天下既已治也。而我犹代子，吾将为名乎？名者，实之宾也。吾将为宾乎？鹪鹩[63]巢于深林，不过一枝；偃鼠[64]饮河，不过满腹。归休乎君，予无所用天下为！庖人[65]虽不治庖，尸祝不越樽俎而代之矣[66]！"

肩吾问于连叔曰[67]："吾闻言于接舆[68]，大而无当，往而不返。吾惊怖其言，犹河汉[69]而无极也；大有径庭[70]，不近人情焉。"

连叔曰："其言谓何哉？"

"曰：'藐姑射[71]之山，有神人居焉，肌肤若冰雪，淖约[72]若处子。不食五谷，吸风饮露。乘云气，御飞龙，而游乎四海之外。其神凝，使物不疵疠[73]而年谷熟'。吾以是狂而不信也。"

连叔曰："然。瞽者无以与乎文章[74]之观，聋者无以与乎钟鼓之声。岂唯形骸有聋盲哉？夫知亦有之。是其言也，犹时女[75]也。之人也，之德也，将旁礴[76]万物以为一，世蕲[77]乎乱[78]，孰弊弊焉[79]以天下为事！之人也，物莫之伤，大浸稽天[80]而不溺，大旱金石流土山焦而不热。是其尘垢秕糠[81]，将犹尧舜者也，孰肯以物[82]为事！宋人资章甫[83]而适诸越，越人断发文身[84]，无所用之。尧治天下之民，平海内之政，往见四子藐姑射之山、汾水之阳[85]，窅然[86]丧其天下焉。”

惠子[87]谓庄子曰：“魏王[88]贻我大瓠[89]之种，我树之成而实[90]五石[91]，以盛水浆，其坚不能自举也。剖之以为瓢，则瓠落[92]无所容。非不呺然[93]大也，吾为其无用而掊之。”

庄子曰：“夫子固拙于用大矣。宋人有善为不龟手[94]之药者，世世以洴澼絖[95]为事。客闻之，请买其方百金。聚族而谋曰：‘我世世为洴澼絖，不过数金；今一朝而鬻技[96]百金，请与之。’客得之，以说吴王。越有难，吴王使之将，冬与越人水战，大败越人，裂地而封[97]之。能不龟手，一也；或以封，或不免于洴澼絖，则所用之异也。今子有五石之瓠，何不虑[98]以为大樽[99]而浮乎江湖，而忧其瓠落无所容？则夫子犹有蓬之心[100]也夫！”

惠子谓庄子曰：“吾有大树，人谓之樗，其大本拥肿[101]而不中绳墨[102]，其小枝卷曲而不中规矩。立之涂[103]，匠者不顾。今子之言，大而无用，众所同去[104]也。”

庄子曰：“子独不见狸狌[105]乎？卑身而伏，以候敖者[106]；东西跳梁[107]，不避高下；中于机辟[108]，死于罔罟[109]。今夫斄牛[110]，其大若垂天之云。此能为大矣，而不能执鼠。今子有大树，患其无用，何不树之于无何有之乡，广莫之野[111]，彷徨[112]乎无为其侧，逍遥乎寝卧其下。不夭斤斧[113]，无所可用，安所困苦哉！”

注　释

① 逍遥："逍遥"是庄子提出的一种精神境界。他属于道家学派。道家认为，"道"是根本，天地万物皆体道而生，自然而然。如能因任自然，则可以达到无为而无不为的"逍遥"境地。故以《逍遥游》名篇。

② 北冥：即北海。冥，即溟，大海。

③ 鲲：本义是鱼子，即鱼卵。庄子此篇为寓言，以其为鱼名。

④ 垂天之云：挂在天边遮了半边天之义。

⑤ 是：代词，此。

⑥ 海运：指海潮流动，其时伴有大风，所谓季风。

⑦ 天池：意谓不是人工凿挖，而是造化自然生成的。天，即造化自然之义。

⑧ 志：记录，记载。怪：怪异之事物。

⑨ 水击：指起飞时贴水面飞行，以翼击水。

⑩ 抟：环绕依附之义。扶摇：从下急遽直上的暴风。

⑪ 去以六月息：去，离开。句意为一飞就是六个月才歇下来。

⑫ 野马：春天草泽田野上蒸腾的浮游气体，望之有如奔马。

⑬ 息：生物呼吸的气息。

⑭ 苍苍：天的深青色。

⑮ 其视下：指鹏从九万里高空往下看。

⑯ 坳堂：指堂屋的凹处。坳，坑洼。

⑰ 芥：小草。

⑱ 胶：指沉落胶着于地面。

⑲ 培风：培，即凭，二字声相近。“凭风”即乘风之义。

⑳ 夭：指半路掉下来。

㉑ 图南：谋划向南海飞行。

㉒ 蜩：蝉，一种昆虫。学鸠：一种小鸟。学，一作“鷽”。

㉓ 决起：指猛力上冲。

㉔ 抢：超越。榆枋：榆树与枋树。两种树名。

㉕ 控于地：倒栽到地上。

㉖“奚以”句：奚，何。句意为为什么要在九万里高空往南海飞。

㉗ 适：前往。莽苍：迷茫无际的样子，指原野，此指郊野。

㉘ 果然：肚子饱的样子。

㉙ 宿：夜，这里指前一夜。舂粮：用杵臼为谷物脱皮。

㉚ 三月聚粮：积聚够吃三个月的粮食。

㉛ 之：代词，此。

㉜ 知：同“智”，智慧，认知能力。不及：达不到，了解不了。

㉝ 奚以：何以。

㉞ 朝菌：按王引之说当作“朝秀”，一种朝生暮死之虫，“生水上，状似蚕蛾，一名孳母”。虫为有知之物，故以知或不知言之。《广雅》有“朝蜏”，因其为虫，故字从虫。

㉟ 晦朔：阴历月末日称晦，月初日称朔。这里是借以指早上、晚上。

㊱ 蟪蛄：即寒蝉，一种昆虫，春生夏死，夏生秋死。

㊲ 冥灵：传说中的树名，庄子寓言用以指长龄树。

㊳ 大椿：椿本树名，有香椿和臭椿，这里是庄子寓言造作用以指长

龄树。

㊴ 彭祖：古史传说中的人物，姓篯，讳铿。历夏经殷至周，年八百余岁。

㊵ 久：指长寿。特：突出。

㊶ 匹：相比并，意谓企羡。

㊷ 汤：商汤王，商朝的开国君主。

㊸ 棘：商时的贤人。

㊹ 羊角：亦大风名，曲折盘旋上行有似羊角。

㊺ 翱翔：鸟飞时，上下扇动翅膀叫翱，平展双翅叫翔。翱翔，谓悠游飞行。

㊻ 知效一官：智慧能力胜任一种官职。知，同“智”。

㊼ 行比一乡：意谓其人性行是可以治理一乡。行，性行。比，合，犹言能够。

㊽ 德合一君：是说道德操行可为一国之君。

㊾ 而征一国：而，即能，能力。而、能古音相近，通用。

㊿ 宋荣子：战国时期的学者，宋国人。犹然：笑的样子。

(51) 内外：内指自身，外指世人。

(52) 数数然：汲汲追求功名的样子。

(53) 虽然：虽然如此。

(54)“夫列子”二句：列子，名御寇，郑国人，传说得风仙之术，能乘风而行。御风，乘风。泠然，轻妙的样子。

(55) 致福：求得幸福。

(56)“若夫”四句：乘天地之正，即顺应万物之自然。天地即万物，万物以自然为正。御六气之辩，即乘六气之变化。六气谓阴阳风雨晦明。辩，通“变”，变化。恶乎，疑问代词。

(57)“至人”三句：至人、神人、圣人，都是庄子用以指达到与道合一高境的人物。无己，不以一己为核心。功，功业。名，声名。

(58) 尧：古史传说中的帝王陶唐氏，建都平阳。

(59) 许由：古代传说中著名的隐士，颍川阳城人，隐于箕山。

(60) 爝火：火把，火炬。

(61) 尸：主，指仍占着帝位。

(62) 缺然：缺憾。

(63) 鹪鹩：一种小鸟。

(64) 偃鼠：一种大鼠。

(65) 庖人：厨师。

(66)“尸祝”句：尸祝，古代祭祀中执掌祝祷的人。樽，盛酒器。俎，盛肉器。均为祭祀供奉所用。

(67)“肩吾”句：肩吾、连叔，均为人名。

(68) 接舆：其名见于《论语》，与孔子同时，楚国隐居的贤人。

(69) 河汉：天河，银河。

(70) 径庭：喻相差极远。径，门外小路。庭，堂前院落。

(71) 藐姑射：姑射山名见《山海经》。藐，远。此为庄子寓言，不必着实。

(72) 淖约：姿态柔美的样子。

(73) 疵疠：指病害。疵，瑕疵，小毛病。疠，疫气。

(74) 文章：色彩和花纹。

(75) 时女：是汝。女，通“汝”。

(76) 旁礴：同“磅礴”，广被一切。

(77) 蕲：求。

(78) 乱：治。乱，本为治之反义词，古文中有用反义为义者，此即是。

(79) 弊弊焉：辛苦经营的样子。

(80) 稽天：漫天。稽，至，到。

(81) 秕：不饱满的谷粒。糠：谷皮。

(82) 物：外物，对身而言，指社会。

⑧③ 资：购买。章甫：礼冠。

⑧④ 断发：留短发，齐鲁礼仪之邦留长发盘在头上，以戴礼冠。文身：在皮肤上刺绣成各种图案，不穿礼服。

⑧⑤“往见”句：四子，旧注以为是王倪、齧缺、被衣、许由，均为传说中之贤人，庄子寓言用以指得无为之道而使天下大治的人物。汾水，河流名，在今山西省中部，源出管涔山，流入黄河。水之北岸称阳。

⑧⑥ 窅然：犹怅然，惆怅迷惘。

⑧⑦ 惠子：即惠施，宋国人，为梁国宰相。

⑧⑧ 魏王：即梁惠王，原居安邑，国号为魏，后畏秦国逼迫，徙都大梁，遂改称梁。

⑧⑨ 瓠：葫芦。

⑨⑩ 实：指葫芦的容量。

⑨① 石：容积单位，十斗为一石。

⑨② 瓠落：犹廓落，形容平浅。

⑨③ 呺然：空大的样子。

⑨④ 龟手：指手入水受寒而皮肤皴裂如龟纹。

⑨⑤ 洴澼：漂洗。絖：同“纩”，棉絮。

⑨⑥ 鬻：卖。技：指药方，不龟手药的制法。

⑨⑦ 裂地而封：割出一块土地为赐封之采邑。

⑨⑧ 虑：用绳结缀。

⑨⑨ 大樽：古所谓腰舟，系于腰间可以浮水。

⑩⓪ 蓬之心：蓬，蓬草，弯曲不直。意谓不能径直明见。

⑩① 大本：树干。拥肿：指多赘瘤，凹凸不平。

⑩② 绳墨：指墨斗，可以从中拉出带墨的线，匠人依以正曲直。

⑩③ 涂：道路。

⑩④ 去：离开，意谓不听。

⑩⑤ 狸：野猫。狌：即鼬，黄鼠狼。

⑯ 敖者：游者，指来往的动物。

⑰ 跳梁：同“跳踉”，蹦跳，此指来回跳窜。

⑱ 机辟：亦作“机臂”，捕捉鸟兽的弩机，动物踏上则发箭。

⑲ 罔：同“网”，此指捕兽的网。罟：亦网之通称。

⑳ 斄牛：牦牛，躯干较大。

㉑“何不”二句：均为庄子寓言假想之地。广莫，空旷辽阔。

㉒ 彷徨：徘徊，随意悠游之义。

㉓ 斤斧：即斧头，斤为横刃的斧。

讲 析

庄子名周，是先秦诸子之一，属于道家学派，他的文章即阐述道家思想。道家思想在诸子中别是一种，文章也别开一境。道家始祖老子的文章，是韵文，以高度概括的诗一般的语句，表现深邃的思想；庄子则用寓言的形式表现深微奥妙的哲理。他的文章想落天外，出人意表，汪洋恣肆，起落无端，是古代文苑中的奇葩，独具特色，不可不读。

《逍遥游》是庄子的代表作，足以表现他的思想及其艺术表现上的独创。在道家思想产生之前，治理社会的是儒家名教思想，用一整套名分，诸如君臣、父子、夫妇、官民等，来规治维持社会秩序。道家把它称之为“有为”。道家认为，“道”是根本，天地万物皆体道而生，自然而然。如能因任自然，则一切正常。儒家讲名分，搞“有为”，结果刺激了争夺之心，反而越治越乱。所以有人主张“无为”。庄子也是如此。但他又进了一步，提出如果能够做到因任自然，便可以与道合一，与道同体，而在精神上达到与物无对无忤，而怡然自得地游放于天地万物之间，无往而不适。此即所谓“逍遥”

境地。本篇名《逍遥游》，即阐述此种观念。崇尚“无为”，申斥“有为”，赞誉精神上的逍遥境界，而以寓言的独特方式表现出来，异彩辉煌，有一种特别的迷人力量。

文章大体可以分为两个部分，从开端到“圣人无名”为前一部分。这一部分的核心是提出“小大之辩”，再由“小大之辩”引出“小知不及大知”。这是文章的主旨。文章以大鹏代表大，以蜩与学鸠两种小鸟代表小。用蜩与学鸠嗤笑大鹏，作者通过对蜩与学鸠的这种行为的斥驳，展开文章，设局巧妙，鹄的也射得精准。

庄子为什么要特别强调小知不及大知呢，其意是在表明一般世人是不能了解像庄子所要讲的这些道理的，是在标举自己的学说。

用大鹏代表大，故庄子对大鹏的描写，极尽夸张渲染之能事。大鹏乃是一种大鱼“鲲”所化。这鱼有多大呢？“不知其几千里也”，非常夸张了。它化而为鹏，又有多大呢，其背又不知几千里。前面有了“鲲之大”做陪衬，这“鹏之背”给人的印象，异常深刻突出，是善用烘衬笔墨的。对鹏先写其形体之大，它展翅起飞，翅膀能遮蔽半边天。再写它能力之大，它乘季风从北海飞往南海，一飞就是六个月。为了使人信服其所言非虚，庄子引《齐谐》为证。关于“齐谐”，说法不一，成玄英的《疏》说：“姓齐，名谐，人姓名也。亦言书名也，齐国有此俳谐之书也。”其实，是人名，还是书名，齐国是否真有此书，都是无关紧要的，因为这些也都不过是庄子的寓言。重要的是，这段引文，进一步突出了大鹏的奇伟形象。它起飞时要贴水面滑行三千里，而后乘扶摇暴风，直上高空九万里。起飞三千里，高飞九万里，一飞就是六个月，浓墨重笔，大鹏的雄伟奇异形象赫然矗立在人们的眼前了。

大鹏能够飞得如此之高，不是无条件的，是借助身下积有厚重的风。写厚重的风，笔墨也很奇特。从天之颜色着眼，从空气尘埃落笔，又从鹏从天上向下看表现，无不出人意表，奇想联翩。有厚重的风才能飞得那么高，也是用一连串比喻推出。水不深则不能行大船，在堂屋的洼处倒上一杯水，只能飘起小草，放杯子就会沉底了。有了九万里厚的积风，大鹏才既不会半途掉落，也没有什么东西能够阻拦，大有乘长风破万里浪的气势。

大鹏这种奇特的行径，却遭到蜩与学鸠的嗤笑。蜩与学鸠说：我猛力飞起，越过了树木，有时还不免倒栽下来，为什么要在九万里高空往南海飞呢？

庄子就借着对蜩与学鸠这种表现的批判，推出中心意思，小知浅识，是不能理解奇伟者的行动的。这一点也是用一连串比喻来表现。到郊外去，准备三顿饭，回来肚子还是饱的。要去百里远的地方，前一夜就要开始准备粮食了。去千里远的地方，则要贮足三个月的粮食才可以。用所去地方远近不同，贮备粮食多少亦不同，比喻飞得越高，其下所积的风越要厚，寓意恰切，说理分明。有了这样的比喻，再推出直接斥责的话语，就分外有力了。斥责语的核心意思是挑明二虫的本质是“小知不及大知，小年不及大年”。识见短浅的人，是不会了解识见高深者所知的东西的。寿命短的，是不会懂得寿命长者所经历的东西的。为什么是这样呢？又是一连串论证。朝生暮死的朝菌，知晨不知夜。寒蝉春生夏死者，不知秋；夏生秋死者，不知春。接着再举两个大年的例子：冥灵以五百岁为春，五百岁为秋；上古有一种大椿，以八千岁为春，八千岁为秋。然后才落到彭祖，他不过活了八百岁，大家就以为活得很长，很奇特，赞赏企羡得不得了，不是太可怜了吗！

下面用汤问棘之语，表明其言之有据。棘讲的与庄子前文所说的相类，落实到“小大之辩”。小指斥鴳，大指大鹏。在这里可以讨论一下，庄子为什么要刻画大鹏的形象，又为什么推出昆虫小鸟来嗤笑大鹏。对于这一点，郭象注语说：“苟足于其性，则虽大鹏无以自贵于小鸟，小鸟无羡于天池，而荣愿有余矣。故小大虽殊，逍遥一也。”意思是说万物的禀赋不同，如果都能自足其性，大鹏不必傲视斥鴳，斥鴳也不必欣羡大鹏，则都进入了逍遥境地。郭象注庄子，认为庄子是主张道家因任自然的思想的，这本不错，但这里依此来诠释这段话，则对庄子此文的本意还未能完全说透。庄子这里所要说的，不是“因任自然”的问题，而是“小知不及大知”的问题，也就是说识见短浅的人，囿于一得之见，是不能够理解更为高妙的东西的。斥鴳以翱翔蓬蒿之间为“飞之至”，怎么能理解高飞九万里的大鹏的行动呢？这才是庄子所说“小大之辩”的真正含意，意谓一般的人是不能理解庄子所讲的这些道理的。

下面展拓到社会上，人们又何尝不是如此。智力胜任一种官职的，性行可以治理一乡的，道德可为一国之君的，能力可以取信于一国之人的，名教社会中这四种人，他们都能做一定的事情，自视其所为，何尝不都是感到自足，像斥鴳把翱翔蓬蒿之间看作是“飞之至”一样呢？却遭到宋荣子的鄙薄。宋荣子又高到哪里去了呢？他不过能超越世俗的毁誉罢了。得到全社会的赞誉，也不会为此心动更加激励自己；得到全社会的批评非议，也不会因此沮丧提振不起精神。这只不过是超越了荣辱之境罢了。像这样的人，世上不多见，但还有其未达到的境地。进一步再举出列子，列子得风仙之术，能乘风而行，享有乘风之福。虽然不多见，但“犹有所待”，即必须有风，局限仍不小。前面列举的四种人有局限，高出于四种人的宋荣子有局限，高出于宋荣子的列子也还有局限，蓄势已足，这才推出超越这些局限的高境人物——庄子理想的人格，这就是与道合一，因任自然，无所“待”，而能自由游行于天地之间的人物，达到“至人无己，神人无功，圣人无名”的境界。“至人”“神人”“圣人”，都是庄子用以指达到与道合一高境的人物。“无己”，就是不以一己为核心，要求万物适应自己，那样就会违背万物之自然，而与万物处于对立的地位。“功”是功业。有为才有功，无为故无功。“名”是声誉，从功业中得来。无为，无功业，自然无名。这是脱尽了有为之域的世人所追求的一切，进入了与道合一的境地。

文章至此为第一部分，通过对大鹏的描写，对斥鷃的指斥，对现世有为领域的各种人物局限的揭示，一步接着一步，一层深似一层，最后推出庄子理想的人格高境，使人感到高人之高，有如大山危耸，令人仰望不已，赞佩不已。

文章的后一部分则分三个层次，分别对无己、无功、无名展开申说，亦全部通过寓言故事来表现，盎然有趣，耐人玩味。

从“尧让天下于许由”到“尸祝不越樽俎而代之矣”为第一层，大体是围绕“圣人无名”一义。尧要把天下禅让给许由，尧说你德行溥被，天下大治，而我还占着治理天下的位置，自感缺憾。许由则回答说：你治天下，已经大治，我还要接受你的天下，将为了名吗？鹪鹩在森林里做巢，不过使用一根树枝；偃鼠在河里饮水，不过要喝饱肚子，我要你天下做什么？许由的答语，生动而巧妙。有道者的许由绝不企羡名教社会中所谓治天下、为天子的声名的。对于守道弃世的许由来说，没有什么用处，就像鹪鹩做巢，有一条树枝就够了。

从“肩吾问于连叔曰”至“窅然丧其天下焉”为第二层，大体是围绕“神人无功”一义。肩吾问连叔，说接舆讲的话，不着边际。

连叔让他重述了接舆的话，话中讲藐姑射之山，有神人，不食五谷，吸风饮露，乘云气，御飞龙，游乎四海之外。她精神专一，万物没有毛病，五谷丰登。连叔批评他是智慧的聋盲，随后讲出藐姑射山神人的威力，说她的道德，广被一切。她一凝神，就天下大治，哪里需要像世上主宰者那样细琐劳苦地去经营。藐姑射山神人的道德，就是达到了道家“无为”的高境，因而“无为无不为”。讲道家的这个道理，出之以藐姑射山神人的造想，便生动有趣，新奇而引人入胜。这些地方都表现出庄子寓言创造的魅力。

下面庄子又借连叔之语，将神人推向更高的境界。说什么力量都伤害不了她，滔天大水淹不死她，熔化金石的大旱也不会使她感到热，这等于说达到无为高境的人，与道同体，无可伤害，永生不灭。而下面一转，说她身上的污垢渣滓都能陶铸出尧、舜来，对有为之域的鄙视贬抑可以说到了无以复加的地步。尧、舜一直被儒家推崇为圣帝明王，有为之域的最高典范，说他们不过是尘垢秕糠铸成的，讽刺辛辣。连叔继续说，宋人采买了礼服到越地去，但越人断发文身，根本用不上。尧辛辛苦苦把天下治理好了，到山西汾水岸边，去见王倪、齧缺、被衣、许由，也不免对自己辛苦治世的行为怅然自失。四人都是庄子寓言用以指得无为之道而使天下大治的人物。高誉无为，贬抑有为之意，充溢字里行间。藐姑射山的神人，就是一个与道合一，达到自然无为之境的人物，所以无为而无不为，精神凝一，便使万物无灾病而五谷丰收。因而以治天下之民著称的尧，到藐姑射山、汾水之阳见到类乎神人的人物后，也不禁神往，而忘掉了自己对天下的治理行为。无为之高妙，有为之低琐，尽在不言之中。神人既然是无为的，也就是无功的，是用无为而达到无不为。

从“惠子谓庄子曰”到“安所困苦哉”为第三层，大体是围绕“至人无己”一义。惠子对庄子说魏王送给他一个大瓠的种子，他种了结了很大的果实，盛上水，它自己都承担不了。剖开做成瓢，空浅无用，只好将它打碎了。庄子批评他太不会用大了，为什么不把它用作腰舟，到远处自由漂游。还给他说一个宋人使用不龟手的药的故事，宋人用这不龟手的药常年做漂洗棉衣的活计，有人买去这个方子，献给吴王，冬天吴越水战，吴军有此药，大获全胜，献药人被裂地封侯。都是不龟手的药，有的人用它代代漂洗棉衣，有的人因为它被封侯，是所用不同。意谓用不在于客观的物，而在如何使用客观之物。下面庄子就提出如何用大葫芦的问题。你有大葫芦，为什么不制成腰舟，浮游江湖？惠子又批评庄子的话大而无用，没有什么人会听信。庄子回答说：你没看见野猫、黄鼠狼吗？它们虽然善于捕捉，东跳西跳，但结果或中了弩机，或落入网罗。意思是说能者终丧其命。斄牛长大，还不能捉一只老鼠，虽然无用，但却生命安全。庄子继续说：你有大树，无可用，为什么不种在广远荒芜之地，在其下优游度日？树正因为无用，不会被人砍伐，招来困苦戕害。中心之意都在说明，不要以己意为核心要求外物适用于己，而应顺应外物之用以为用。瓠可顺其性作为腰舟助人浮于江湖，樗也可顺其性植于广远之地，使人逍遥无为乎其下。此意用瓠、樗的寓言形式表现，形象而生动。

本篇在艺术上的创造和成就，有几点值得注意。首先，本篇的主旨是在阐明哲学道理，宣扬道家的“无为”，指斥儒家名教治世的“有为”，却不是用抽象的概念表述，而是编造寓言故事，生动地形象地说明问题。司马迁说庄子“著书十余万言，大抵率寓言也”。这就把枯燥的哲学思想讲得盎然多趣，引人入胜。本篇的寓言又不拘于一人一事，而是涉物众多，有禽鸟，有兽类，有世人，甚至有神人。事物丰富，怪怪奇奇，琳琅满目，读之如入画廊，令人目不暇接，绝无单调干瘪之感。另外，一般的寓言虽然也属于创造，空中楼阁，但大都接近于生活中习见的形态。如《孟子》中的“揠苗助长”，《韩非子》中的“自相矛盾”，《吕氏春秋》中的“刻舟求剑”，《战国策》中的“画蛇添足”等，都使人感到是现实生活中可见的。即使是将动植物拟人化，如《战国策》中的“狐假虎威”“鹬蚌相争”等，也不超出人们常识所能理解的范围。庄子的寓言不同，有些异想天开，奇特怪异，很多不是现实生活中和人们常识中所有之物。如篇中的鲲鹏、藐姑射山的神人，以及巨瓠、大樗等，无不带有浓厚的神话与幻想的色彩，正像《庄子·天下》篇所说的，不是“庄语”，而是“谬悠之说，荒唐之言，无端崖之辞”，具有浪漫主义特色。所以全文奇诡异常，变幻莫测，汪洋恣肆，表现出一种独特的风格，雄奇壮观，摇人眼目。

其次，想象力丰富。如鲲，古训中或为刚孵出的小鱼，或为尚未孵化的鱼卵，本为至小之物，文中却把它想象为身长几千里的大鱼。又如讲藐姑射山上的神人的神异，以风露为饮食，乘云驾龙，上与天齐的大水淹不了她，使金石熔化、土山焦黑的大旱也热不着她。讲到她的高出名教社会之上，说她身上的尘垢糟粕就能陶铸出名教社会的最高理想人物尧、舜来。想象力之强令人惊叹。

再次，善于比喻和描写。其比喻，联翩不绝而又贴切有力。如本篇言大鹏需积厚风以行，以水之浮物为喻，又如批评蜩与学鸠不能理解鹏之远飞，以旅行备粮为喻。其对事物的描写，形象鲜明突出，笔酣墨饱，神态毕现。如大鹏，它是由几千里长的大鱼化成，其背脊不知有几千里长，展开翅膀有如遮蔽半边天的巨云。它由大地最北边的北冥飞往大地最南边的南冥。它起飞时，要贴水面一击三千里，而后上冲九万里高空，一飞就是六个月。大鹏的庞大神异的形象，突出地展现在读者面前，笔墨细腻，辞藻富赡，描绘具体生动。

本文的这些特点，加上庄子哲学思想的深邃新异，就构成其独特的风格。想象丰富，奇思联翩，变幻莫测，笔势奔泻纵恣，无所拘束。整个文章使人感到汪洋恣肆，雄奇壮丽，读之如神游于奇异的天地里，出脱于琐屑的人间界限之外，开阔心胸和视野，富有浓厚的浪漫主义色彩。

奇文妙笔　嘲嘻显真
——讲析孔稚圭《北山移文》

北山移文

钟山之英，草堂之灵[①]。驰烟驿路[②]，勒移山庭[③]。

夫以耿介[④]拔俗之标[⑤]，萧洒出尘之想[⑥]，度白雪以方洁[⑦]，干青云而直上[⑧]，吾方知之矣。若其亭亭物表[⑨]，皎皎霞外[⑩]，芥千金而不眄[⑪]，屣万乘其如脱[⑫]，闻凤吹于洛浦[⑬]，值薪歌于延濑[⑭]，固亦有焉。岂期终始参差，苍黄翻覆。泪翟子之悲，恸朱公之哭[⑮]。乍回迹以心染[⑯]，或先贞[⑰]而后黩[⑱]。何其谬哉！呜呼！尚生不存[⑲]，仲氏既往[⑳]，山阿寂寥，千载谁赏[㉑]？

世有周子[㉒]，隽俗[㉓]之士。既文且博[㉔]，亦玄亦史[㉕]。然而学遁东鲁[㉖]，习隐南郭[㉗]。偶吹草堂，滥巾北岳[㉘]。诱我松桂，欺我云壑。虽假容[㉙]于江皋[㉚]，乃缨情[㉛]于好爵[㉜]。其始至也，将欲排巢父，拉许由，傲百氏，蔑王侯[㉝]。风情张日[㉞]，霜气横秋[㉟]。或叹幽人长往，或怨王孙不游[㊱]。谈空空于释部，核玄玄于道流[㊲]。务光[㊳]何足比，涓子[㊴]不能俦[㊵]。

及其鸣驺[41]入谷，鹤书[42]赴陇[43]，形驰魄散，志变神动[44]。尔乃眉轩席次，袂耸筵上[45]。焚芰制而裂荷衣[46]，抗尘容[47]而走俗状。风云凄其带愤，石泉咽而下怆。望林峦而有失，顾草木而如丧[48]。至其纽金章，绾墨绶[49]。跨属城之雄，冠百里之首[50]。张英风于海甸，驰妙誉于浙右[51]。道帙长殡，法筵久埋[52]。敲扑喧嚣犯其虑，牒诉倥偬装其怀[53]。琴歌既断，酒赋无续[54]。常绸缪[55]于结课[56]，每纷纶[57]于折狱[58]。笼张赵于往图，架卓鲁于前箓[59]。希踪三辅豪，驰声九州牧[60]。使我高霞孤映，明月独举。青松落荫，白云谁侣[61]？涧石摧绝无与归[62]，石径荒凉徒延伫[63]。至于还飙入幕[64]，写雾出楹[65]。蕙帐空兮夜鹄怨[66]，山人去兮[67]晓猿惊。昔闻投簪[68]逸[69]海岸，今见解兰[70]缚尘缨[71]。

于是南岳献嘲，北陇腾笑。列壑争讥，攒峰竦诮[72]。慨游子[73]之我欺，悲无人以赴吊[74]。故其林惭无尽，涧愧不歇，秋桂遗风，春萝罢月[75]。骋西山之逸议，驰东皋之素谒[76]。今又促装下邑[77]，浪拽上京[78]，虽情投于魏阙，或假步于山扃[79]。岂可使芳杜厚颜[80]，薜荔[81]无耻。碧岭再辱，丹崖重滓[82]。尘游躅于蕙路，污渌池以洗耳[83]。宜扃岫幌[84]，掩云关。敛[85]轻雾，藏鸣湍[86]。截来辕于谷口，杜[87]妄辔于郊端。于是丛条瞋胆[88]，叠颖[89]怒魄，或飞柯[90]以折轮[91]，乍低枝而扫迹[92]。请回[93]俗士驾，为君谢逋客[94]。

注　释

①“钟山”二句：草堂，周颙名其隐居钟山时的居屋。英、灵，均为神灵之义。

② 驰烟：形容奔走迅疾。驿路：大路。古代为快传文书，于大路设驿站更换马匹，故称。

③ 勒移：刻写移文。勒，将文字刻于石上。山庭：指钟山谷口。

④ 耿介：光明正直，不附流俗。

⑤ 标：标格。

⑥ 想：指情怀。

⑦“度白雪”句：度，量度。方，比。此句言皎洁如白雪。

⑧“干青云”句：干，犯。青云，指高空。此句即青云直上之义。

⑨ 亭亭：高耸的样子。物表：物外。物，指人事社会。

⑩ 皎皎：皎洁。霞外：云霞之上。

⑪“芥千金”句：芥，小草，这里用作动词，视如小草。《史记》载战国时，鲁仲连帮助赵国平原君击退秦军，平原君以千金相酬。鲁言帮人排难解纷而取酬报，乃“商贾之事”，遂辞平原君而去。

⑫“屣万乘”句：屣，草鞋。此用作动词，以万乘为屣。万乘，指天子，天子拥有万乘兵车。《淮南子》载，尧年老把天下传给舜，犹如“脱屣”，意谓把传尊贵的帝位看得如脱草鞋一样。

⑬“闻凤吹”句：《列仙传》载仙人王子乔，“好吹笙，作凤鸣，游伊洛之间”，意谓他们与仙人同游。吹，吹奏。本为动词，这里用作名词，指乐器笙。浦，水边。

⑭“值薪歌”句：吕向注说，苏门先生“游于延濑，见一人采薪”，问其将终生采薪吗。其人回答，“圣人无怀，以道德为心”，有什么奇怪的。“遂为歌二章而去”。意谓他们与高士交往。濑，水流石上。延濑，长濑。延，长。

⑮“岂期”四句：终始参差，开始与结局对不上。参差，不齐，不一贯。苍，黑色。翻覆，变化无常。翟子，即墨翟。朱公，即杨朱。《淮南子》载：“杨子见逵路而哭之，为其可以南可以北。墨子见练丝而泣之，为其可以黄可以黑。”四句意思说，他们如此前后不一，反复无常，令人恸哭流涕，就像杨朱遇到歧路，墨翟看见练丝一样。

⑯“乍回迹”句：乍，或。回迹，指转脚归隐山林。心染，心中还染着功名利禄。

⑰ 贞：正，洁。

⑱ 黩：污浊。

⑲ 尚生不存：尚生，指尚长。《高士传》载，尚长隐居不仕，把家事处理完毕，遂“与同好北海禽庆，俱游五岳名山，竟不知所终”。这句感慨尚长这样的高士没有了。

⑳ 仲氏既往：仲氏，指东汉仲长统，《后汉书》载，他禀性耿直，“时人或谓之狂生。每州郡命召，辄称疾不就”。这句说，仲长统这样的人也已成为过去。

㉑“山阿”二句：谓山林寂静冷落，长久以来无人问津了。

㉒ 周子：指周颙。

㉓ 隽俗：才智拔俗出众。

㉔ 既文且博：文，有文采。博，博学。

㉕ 亦玄亦史：玄，玄学。史，历史。《南齐书·周颙传》载：“颙虚席晤语，辞韵如流，听者忘倦。兼善《老》《易》。”

㉖ 学遁东鲁：遁，隐遁。东鲁，指颜阖。《庄子·让王》载：鲁君听说颜阖是得道之人，使人往聘。阖说恐系误传，不如审实之后再来。使者“复

来求之，则不得已”，人已走掉。这句用颜阖的典故，说周颙想做隐士。

㉗ 南郭：指南郭子綦，《庄子·齐物论》载，南郭子綦静坐，“荅焉似丧其耦”，达到忘我的境界。

㉘“偶吹”二句：偶吹，与他人一起吹奏。《韩非子·内储说》载：齐宣王听奏竽，乐队必三百人，南郭处士也混在其中。宣王死了，儿子湣王即位，“一一听之，处士逃”，因为无法蒙混了。滥，过分，无限度。即“滥竽充数”之滥。巾，此指隐者所带的头巾，即以之指隐士。周颙非真隐士，故言“滥巾北岳”，北岳即北山。

㉙ 假容：装作隐居的模样。

㉚ 江皋：江边，指隐者所居之地。

㉛ 缨情：系心。

㉜ 好爵：高贵的官位爵禄。

㉝“将欲”四句：巢父、许由，都是古代传说中的著名的隐士。《高士传》载：尧想将天下让给许由，许由就逃到颍水边务农。后又召他为九州长，许由觉得这话污了他的耳朵，便到颍水岸边洗耳，恰逢巢父来饮牛，问清了缘故，便“牵犊上流饮之”，怕水污了犊口。排，排摈。拉，摧坏。百氏，诸子百家。排、拉、傲、蔑四个动词都是表示轻藐的态度。

㉞ 风情：风标情怀。张日：高达天日。张，展开。

㉟ 霜气横秋：言气概之逼人，有如秋日之严霜。

㊱“或叹”二句：幽人，指隐士。潘岳《西征赋》云：“悟山潜之逸士，卓长往而不反。”长往，指隐逸不归。《楚辞·招隐士》云：“王孙游兮不归，春草生兮萋萋。”本意是王孙隐而不返，这里是反用其意，言王孙贪恋富贵，不肯归隐。此二句意思说，周颙假意慨叹幽人长隐不返，埋怨王孙不肯归隐。

㊲“谈空空”二句：空空，指佛学。佛家认为万法皆空。释部，佛经。核，考校。玄玄，指道家思想。《老子》言“玄之又玄，众妙之门”。道流，即道家。二句说周颙讲习佛家、道家之学。《南齐书》本传言周颙“泛涉百

家，长于佛理，著《三宗论》”，又言“兼善《老》《易》，与张融相遇，辄以玄言相滞，弥日不解”。

㊳ 务光：古代传说中的高士。《列仙传》载：他是夏朝人，商汤王要伐夏桀，向他请教，他说“非吾事也”。汤得了天下，要让给他，他“遂负石沉窾水而自匿”。

㊴ 涓子：《列仙传》载，他是齐人，隐居宕山，“好仙术”，“能风”。

㊵ 俦：等列。

㊶ 鸣驺：指来征召的车马。鸣，车铃声。驺，管车驾的官，这里即指车驾。

㊷ 鹤书：一种字体，形似鹤头，故称。皇帝诏书所用。鹤书，即指征召的文书。

㊸ 陇：隆起之地，这里即指北山。

㊹“形驰”二句：写其看到征召文书来了的样子，形也变了，魂也丢了，隐逸之志也改变动摇了。

㊺“尔乃眉轩”二句：眉轩，眉毛扬起来。席，座席，古人席地而坐，坐处有个垫子，即席。次，指所在处，席次，犹言席上。袂，袖子。耸，甩起来。筵，古人吃饭用较长席子铺在地上，上面摆放饭菜，称筵。二句说在筵席上扬眉甩袖，表现其得意忘形的样子。

㊻“焚芰制”句：屈原《离骚》“制芰荷以为衣兮，集芙蓉以为裳”，以穿戴香美植物之衣，表示品德高洁。此用以指隐者之服装。芰，菱角。芰制，用菱角所做之衣。裂，撕毁。

㊼ 抗：举，这里有现出之义。尘容：世俗的容态。

㊽“风云”四句：用拟人化手法写山中事物不满周颙来到的表现。风云悲凄愤怒，山泉伤悲呜咽，林木冈峦为之失色，草木为之丧气。凄，悲伤。咽，呜咽，哭泣。怆，与凄同义。峦，山峦。顾，视。

㊾“至其”二句：纽，官印上的抓手。金章，铜印。纽金章，意即拥有了铜印。墨绶，拴在印上的黑色带子。吕良注谓“铜章、墨绶，县令之章饰

也”，则二句谓做了一县之长。

(50)“跨属城”二句：属城，相连接之县。雄，长。冠，意谓居于第一。百里，指一县之地。周颙曾为海盐县令。这两句说其治县的声誉在相连诸县之上。

(51)“张英风”二句：张，张大。英风，英明之声誉。甸，郊外。海盐靠近海，故云海甸，犹言海边。驰，传扬。妙誉，美好的声誉。浙右，指浙江省钱塘江南一带地方。海盐属浙江嘉兴，地处杭州湾东侧，古称浙右之地。

(52)“道帙”二句：帙，书套。道帙，指道家的典籍。殡，埋葬。法筵，指讲说佛法的讲席。埋，与殡同义。殡、埋均指弃而不用。

(53)“敲扑”二句：敲，击打。扑，古代用荆条抽打的刑罚。此即指刑罚用具。这句说刑罚之声搅扰他的思虑。牒，公文文书。诉，诉书状词。倥偬，繁急。这句说他心中充满繁杂公务。

(54)“琴歌”二句：意谓弹琴咏歌，饮酒赋诗，这类文雅之事都已断绝。

(55) 绸缪：原义是紧密缠绑，有多种引申义，此处为殷勤忙碌之义。

(56) 结课：催缴完成赋税。课，赋税。

(57) 纷纶：形容众多。

(58) 折狱：断案决狱。

(59)“笼张赵”二句：笼，笼盖，超过。张，张敞。赵，赵广汉。二人都做过京兆尹，为西汉良吏。往图，以前的治理谋划。架，超越其上。卓鲁，指东汉卓茂、鲁恭，二人都做过县令，为循吏。这两句说周颙想要在政绩上超过他们。

(60)“希踪”二句：希踪，希图追踪。三辅，汉代京师附近设置京兆、左冯翊、右扶风三地以为辅卫，称为三辅。豪，指称三辅的长官尹。驰声，远传声名。九州，古分天下为九州。牧，州的长官。

(61)“使我”四句：高霞，高处的云霞。孤映，无所映照。独举，孤单地升空。落荫，无所遮阴。谁侣，与谁为伴，意即无伴。

(62)“涧石”句：涧石，谷口。摧绝，毁坏，意谓白白毁坏。无与归，没有人归来。这句说没有人来归隐。

⑥③ 石径：石头小路。徒：白白。延伫：伸长脖子等待。伫，伫立。

⑥④ 还飙入幕：回旋的风吹进帘幕。

⑥⑤ 写雾出楹：雾气飘出堂室。写，同“泻”。楹，堂室前部的柱子，此即用以指堂室。

⑥⑥ 蕙帐：用香草编成的帐子，指隐士所居。蕙，香草。

⑥⑦ 山人去兮：隐士离开了。山人指隐于北山的隐士。

⑥⑧ 投簪：弃官。簪，用以簪冠于发的长针。投簪，犹如说脱掉官冠。

⑥⑨ 逸：指隐逸。

⑦⓪ 兰：香草。佩兰表示隐居，解兰，去掉兰佩即出仕之义。

⑦① 缨：帽带。尘缨，即官冠之义。缚尘缨，指入世为官。

⑦②“于是”四句：南岳，南面的山。北陇，北面的山。列壑，所有壑谷。攒峰，聚集一起的诸峰。竦，伸颈踮脚地立着。献嘲、腾笑、争讥、竦诮，都表现出嘲笑讥讽的态度。

⑦③ 游子：即指曾来隐于此的周颙。

⑦④ 赴吊：来吊慰。

⑦⑤“故其”四句：意思说，林木羞惭茂盛无边，山涧惭愧水流不息，秋天的桂树打发走了风，不再飘香，春天的藤萝也不在月下呈艳了。

⑦⑥“骋西山”二句：骋、驰，都是奔走宣告之义。西山、东皋，都是用隐者所在之地代指隐者。逸议，隐者的高议。素，素心，相对热衷仕进之心来说，指布衣之士。谒，告说。

⑦⑦ 促装：匆忙整理行装。下邑：对上京来说，指海盐县。

⑦⑧ 浪拽：指水路行船。拽，拉，此以拉纤代指行船。上京：指京师。

⑦⑨“虽情投”二句：情投，心系。魏阙，古代宫门外的高大建筑，用以张贴法令，此即用以指朝廷。假步，借路。二句意思说，周子虽然一心奔往朝廷，或许也可能就便再经北山。

⑧⓪“岂可”句：芳杜，杜若，香草名。厚颜，脸皮厚，不知羞耻。意思是杜若要把脸皮变厚，不知羞耻才可以。故曰不可使杜若厚颜。

(81) 薜荔：香草名，又名木莲。

(82) 重滓：重遭污浊。滓，渣滓，液体中的沉淀物，污浊之义。

(83)“尘游躅”二句：尘，用作动词，尘污之义。躅，足迹。游躅，隐者的足迹。蕙，香草。渌，清澈。洗耳，古代传说，尧聘许由为九州长，许由听说，认为这话玷污了他的耳朵，便跑去河边洗耳。二句意思说，不可使蕙路遭受尘污，也不可让洗耳弄脏了清澈的池水。

(84) 扃：本是从外面关门的门闩，用为动词即关闭之义。岫：山穴，也用以指山。幌：帐幔，帘帷，此即用以指窗。

(85) 敛：收起。

(86) 湍：急流的水。

(87) 杜：杜绝。

(88) 丛条：众多的树枝。瞋胆：描状盛怒的样子。瞋，瞪大眼睛。胆，怒使胆张。

(89) 叠颖：重叠的草穗，亦众多之义。颖，草穗。

(90) 飞柯：扬起枝条。柯，树枝。

(91) 折轮：折毁车轮。

(92) 扫迹：扫除车辙的痕迹。

(93) 回：回转。

(94) 君：指北山山灵。谢：谢绝。逋客：逃客。指周子，归隐于此，而又离去，故云逃客。

讲　析

本文是一篇讽刺假隐士的文章。文章不是由作者直接出面来讥讽，而是假托北山、草堂的神灵公布移文的形式表现。让神灵出来讲话，已是别出心裁，用神灵发布移文的形式表现，又是别具一格。

所以全篇新颖引人，生动活泼，趣味盎然。如斥责假隐士周子说，“偶吹草堂，滥巾北岳。诱我松桂，欺我云壑”。写周子应召而出，山中“风云凄其带愤，石泉咽而下怆。望林峦而有失，顾草木而如丧”。风云石泉山林草木，无不蒙耻悲愤，失色丧气。此等手法之运用，贯穿全篇。

文章开头难。本文以四句交代语开篇，只是说明钟山、草堂的神灵飞跑着在谷口刻写下这篇移文。但起得突兀有势，有天外飞来之感。神灵这突如其来的动作，极为引人瞩目，激起人们巨大的悬念。神灵为什么有这样的举动，而且如此急切，乘云驾雾，飞驰而来，大有刻不容缓之势。给下面坚拒假隐士进山营造了浓烈的气氛，绝不能让假隐士的脚踏入山门一步。这是一种雨未到风先行的笔墨，达到了行文有神的境界。

文章运用铺排夸张的手法，使周子前后不一的行径形成强烈的反差，鲜明的对比，给人的印象无比深刻。如周子始来归隐时，气势简直不可一世：“其始至也，将欲排巢父，拉许由，傲百氏，蔑王侯。风情张日，霜气横秋。或叹幽人长往，或怨王孙不游。”巢父、许由、百氏、王侯，加上张日、横秋、长往、不游，一切都不在眼中，一切都不在话下，把周子那种逸气干云、高洁如神的心境气概突显在纸上。可是征书一到，丑态毕露，庸俗本相令人作呕：“及其鸣驺入谷，鹤书赴陇，形驰魄散，志变神动。尔乃眉轩席次，袂耸筵上。焚芰制而裂荷衣，抗尘容而走俗状。”征书一到，就神不守舍了，扬眉拂袖，焚衣裂裳，一副俗人相。

文章用骈体文写。骈文讲究使事用典，文字对称，此文表现出很高的骈文技巧。造句遣词，精工自然。对句工整，声律调谐。以四六句为主，也不排斥三言、五言，并常以虚词、连接词回旋其中，所以文字精工，文气却流转自然，绝无呆板滞涩之感。尤其是用典造语，往往新创，不拾人牙慧。如用鲁仲连事云“芥千金而不眄”，用尧让天下事云“屣万乘其如脱”，都能用旧事而出以新语。他如前面提到的“偶吹草堂，滥巾北岳”等，无不如此，颇类江淹《恨赋》之“心折骨惊”之类，但江语虽新而出常理之外，此则虽新而仍在常理之中。

骈文讲求句式对称，给文字的运用带来很大的拘束，作者能充分掌握和发挥汉语的特点，大大扩展了文字运用的灵活性。故虽拘守对句，而能抒写自如，不失行云流水之势。如开篇两句“钟山之英，草堂之灵”。英，一般是指花，或指杰出的人物，很少与神灵之义相关。只有对受尊敬的人死后的灵魂，称为英灵。用“英”来指神灵，显然是用了汉语词义的多义性、模糊性。又如“排巢父，拉许由，傲百氏，蔑王侯”，“排”“拉”“傲”“蔑”四字在此意义均极相近，特别是“拉”字，用的就不是词义的精准义，而是模糊义。又如“芥千金而不眄”“屣万乘其如脱”，“芥”与“屣”都是名词，这里则用为动词，体现了汉语词性的灵活性。正因如此，此文大大突破了骈文板滞的拘束，显得活脱灵动。

写神篇

义正气厉　威慑人心

——讲析《战国策·魏策·唐且为安陵君劫秦王》

战国策·魏策·唐且为安陵君劫秦王

秦王[①]使人谓安陵[②]君曰："寡人[③]欲以五百里之地易安陵，安陵君其许寡人?"安陵君曰："大王加惠[④]，以大易小，甚善。虽然，受地于先王[⑤]，愿终守之，弗敢易[⑥]。"秦王不说[⑦]。安陵君因使唐且[⑧]使于秦。

秦王谓唐且曰："寡人以五百里之地易安陵，安陵君不听寡人，何也？且秦灭韩亡魏[⑨]，而君以五十里之地存者，以君为长者[⑩]，故不错意[⑪]也。今吾以十倍之地请广于君，而君逆寡人者，轻寡人与?"唐且对曰："否，非若是也。安陵君受地于先王而守之，虽千里不敢易也，岂直[⑫]五百里哉!"

秦王怫然[⑬]怒，谓唐且曰："公亦尝闻天子之怒乎?"唐且对曰："臣未尝闻也。"秦王曰："天子之怒，伏尸百万，流血千里。"唐且曰："大王尝闻布衣之怒乎?"秦王曰："布衣之怒，亦免冠徒跣[⑭]，以头抢地尔[⑮]。"唐且曰："此庸夫[⑯]之怒也，非士之怒也。夫专诸之刺王僚[⑰]也，彗星袭月[⑱]；聂政[⑲]之刺韩傀[20]也，白虹贯日[21]；要离[22]之刺庆忌[23]也，仓鹰击于殿上[24]。此三子者，皆布衣之士也，怀怒未发，休祲[25]降于天，与臣而将四矣。若士必怒，伏尸二人[26]，流血五步，天下缟素[27]，今日是也。”挺剑而起。

秦王色挠[28]，长跪而谢之，曰：“先生坐，何至于此，寡人谕[29]矣。夫韩、魏灭亡，而安陵以五十里之地存者，徒[30]以有先生也。”

注　释

① 秦王：此指秦始皇。

② 安陵：魏君所封之国，在今河南鄢陵西北。安陵君即此封国之君。

③ 寡人：古代诸侯国君自称的谦辞。此为秦始皇自称。

④ 大王：古代对君主的敬称。加惠：赐予恩惠。

⑤ 先王：指安陵始封之君。

⑥ 弗敢易：不敢交换。

⑦ 说：同“悦”。

⑧ 唐且：人名，魏国的策士，也作唐雎。

⑨ 秦灭韩亡魏：秦灭亡韩国，在秦始皇十七年（前230）；灭亡魏国，在秦始皇二十二年（前225）。

⑩ 长者：尊称年高德重之人。

⑪ 不错意：意谓没有想去做。错，通“措”，置。

⑫ 直：仅仅，只不过。

⑬ 怫然：忿怒的样子。

⑭ 免冠：摘下帽子。徒跣：赤足。

⑮“以头”句：抢，突，撞。尔，语气词。此句连上句语带讽刺，意谓士人之怒不过是叩头谢罪而已。古人向人道歉、谢罪时要光脚。

⑯ 庸夫：庸人，凡夫俗子。

⑰ 专诸之刺王僚：专诸，吴国的勇士，古代著名的刺客，为阖闾刺杀了吴王僚。此与下文聂政、要离之事，皆讲士怒之力量。

⑱ 彗星袭月：彗星，俗称扫帚星，拖着一条光亮的长尾。扫帚星袭入月域，古人认为会有不祥之事出现。此夸说专诸刺王僚之事重大，天象都惊动得发生了变化。

⑲ 聂政：人名，韩国轵（今河南济源东南）之深井里人，义士，为韩国抗秦派严仲子刺杀韩相侠累。

⑳ 傀：侠累之名。

㉑ 白虹贯日：白色的虹穿日。贯，穿。古人认为出现此种天象，将有重大变故发生。

㉒ 要离：春秋末吴国勇士。

㉓ 庆忌：吴王僚之子，阖闾刺杀了吴王僚之后，他逃亡到卫国。阖闾怕他借诸侯力量报仇，要伍子胥想法谋杀他，子胥乃推荐要离。要离让吴王断己右手，杀己妻子，诈为罪人逃亡到卫国，接近庆忌，并刺杀了他。

㉔“仓鹰”句：仓鹰，即苍鹰，鸷鸟。击，撞入。意谓苍鹰扑入殿中。

㉕ 休祲：休，吉兆。祲，凶兆。休祲为偏义复词，谓凶兆。

㉖ 二人：指唐且自己与秦始皇。

㉗ 缟素：缟、素都是白色的生绢。这里指白色丧服。天下缟素，指秦始皇死，他是帝王，故天下服孝。

㉘ 挠：弯曲，屈服。指态度软下来。

㉙ 谕：明白了，懂得了。

㉚ 徒：只，仅仅。

讲 析

《战国策》为西汉刘向所编。他校理中央的藏书时，见到一些战国的策书，有《国策》《短长》《事语》等，他加以整理，去其重复，按国别编排，共包括秦、齐、楚等十二个国家，总计三十三篇。刘向认为这些书的内容都是“战国时游士，辅所用之国，为立策谋，宜为《战国策》”（《战国策书录》），遂以《战国策》名其书。可见，此书所据原书，大约都是适应战国兵争中纵横家学习策谋的需要而编纂的。目的并非存史，虽然所言之事也有历史的影子，但与写史不同，多有铺排、渲染、夸张甚至虚构。故宋人晁公武说：“其纪事不皆实录，难尽信，盖出学纵横者所著。”其文笔则反映出战国时期铺张扬厉的文风。战国的文风与西周春秋时代的很不相同。西周春秋时，诗则有《诗经》的朴实表情，文则有《论语》的素朴语录，史则有《春秋》《左传》的谨严记事。到了战国，则完全是另一种风貌，诗变成《楚辞》一类的铺张奇丽，文变成《孟子》的飞辩逞辞，《庄子》的奇诡纵恣，整个风气趋于饰言巧辩，铺排渲染，辩丽夸张，纵横捭阖，显得酣畅淋漓，与两周的朴实、简约、谨严有明显的差别。《战国策》突出表现了战国文风的这种鲜明特色，这也是古文中的一种创造，值得了解和继承。

《战国策》一书都是按国编排的片段文字，虽各自独立成章，但均无篇名。对无篇名的作品，古人习惯的作法，是用一篇首句数字来命名，如本篇就有题为《秦王使人谓安陵君章》，即取这一章的首句。也有突出一章内容的拟法，如本篇有人拟为《唐且为安陵君劫秦王》，即从主要内容着眼。但不管哪一种，都不是原文所有，不可误会。

《唐且为安陵君劫秦王》属于《魏策》。秦王即秦始皇，当时秦已经灭掉了韩国和魏国。安陵只是魏国所封的一个附庸小国，其地在今河南鄢陵西北，是没有多大国力的。秦始皇如果要吞并它，是轻而易举的事。秦始皇想要这个地方，却不想用武力吞并，而提出来用秦国别处的土地交换。这在秦国这个大强国来说，够客气的了，不料却遭到安陵君的拒绝。唐且作为安陵君的使臣，去面见秦始皇说明不易之原委，在这场以小抗大、以弱抗强的斗争中，出色地完成了任务。所以这一篇主要不是记述谋臣策士的说辞，而是突出地刻画了唐且的智勇形象，表现了他以一个士的身份而压倒了秦王的非凡的气概。文章写得虎虎有生气，使人惊心动魄。

全文不长，条理清晰，很自然地分为四个段落。

从开篇到“唐且使于秦”为第一段，摆出矛盾。交代秦王使人向安陵君提出换地的要求，安陵君谢绝，于是安陵君派唐且出使秦国。这种开门见山、简捷干脆、直入主题的写法，与全文的紧张气氛相宜，没有一点孱缓乏气的感觉。

从“秦王谓唐且曰”到“岂直五百里哉”为第二段，进入唐且与秦王直接打交道的局面，衔接紧凑，矛盾激化。秦王的话盛气凌人，充满威胁。秦已灭了韩国、魏国，消灭安陵，轻而易举，只是没打算去做而已。唐且竟敢公然相拒，难道以为秦国没有力量消灭它，而敢如此轻慢吗？唐且面对威胁，毫不示弱，大义凛然地对答：因为受地于先王，别说五百里，即使拿出千里的地盘也不会换。斩钉截铁，口气的坚毅，言谈的气势，足以与秦王相抵，既显示出唐且的勇锐无畏，也继续维持针尖对麦芒的文章格局。

从“秦王怫然怒”到“挺剑而起”为第三段，进入唐且与秦王激烈冲突的高潮。这一段短兵相接，你来我往，一个提出“天子之怒”的大威胁。所谓“伏尸百万，流血千里”，就是说秦王一怒，便可发动一场战争，血洗安陵，将它夷为平地。唐且对此威胁表现了极度的轻蔑，针锋相对地提出“布衣之怒”。作为威使万民，看惯了人们对他叩头礼拜的秦王，听到“布衣之怒”时，自不免有一番奚落，认为“布衣之怒”有什么了不起，不过是摘掉帽子，脱掉鞋子，以头触地即叩头请命而已。这段奚落语把独尊无二的君主那种傲慢骄矜的神气，表现得淋漓尽致。对此，唐且用“此庸夫之怒也，非士之怒也”一语轻轻拨落，接着以奔放的气势连举三个士怒的例子，即专诸刺王僚，聂政刺韩傀，要离刺庆忌。他们猛鸷无畏、不怕牺牲的勇气之惊人，行动还没有开始，已经上贯于天，使天象都发生了变化。专诸要刺王僚时，彗星扫过月室；聂政要刺韩傀时，白虹穿贯过太阳；要离要刺庆忌时，苍鹰扑入了宫殿。“怀怒未发，休祲降于天”，把“士”的慑人形象如雕像一般凸显出来。唐且然后陡然接入自己，将做第四者，即“若士必怒，伏尸二人，流血五步，天下缟素”，于是“挺剑而起”。言语锋利，行动迅捷，文章始终保持着凌厉逼人的气势。伏尸二人，即与秦王同归于尽；两人短兵相接，故“流血五步”；秦王身为天子，全国服孝，故“天下缟素”。“伏尸二人，流血五步”比起“伏尸百万，流血千里”来，自是小巫见大巫，然而对秦王的意义却大不相同，它直接关涉秦王的性命，故更具威慑力。唐且辞气的锋锐，行动的勇决，读来不禁令人屏息。这段文字确实写得“一步紧一步，句句骇杀人”。

“秦王色挠”以下为末段。在生死关头，秦王暴露出外强中干的本相，由以天下之尊的盛气凌人变为低首下心地向唐且请过。这一行为本身陪衬出唐且的逼人的威力。最后秦王的话也成为对唐且形象的有力刻画：韩、魏为大国，终以灭亡，而安陵以五十里之地仍能保存下来，只是由于有了唐且这样的人物。这番话再一次显示了唐且的力量和作用。

本文最值得注意的是气势充沛，从开篇至末尾，贯串着猛鸷凌人的气氛。作者选材精，衔接紧凑，语言利落，没有任何拖泥带水、阐缓乏气的语句。交代矛盾因由之后，便一直处在激烈矛盾之中，而且把矛盾都使之处置于对决状态，换与不换，天子之怒与布衣之怒，无不如此。这样一节接着一节，一幕连着一幕，步步紧逼，紧张得令人没有喘息的机会。文章也善于曲折作势，言布衣之怒，插入秦王的奚落，再推出三个士怒而惊动天象的事情，便更加突出。文章也充分发挥了夸饰笔墨的妙用。如唐且说不换地，言何止一百里，就是一千里也不行，分外增加了言辞坚毅的力量。

酣觞赋诗　以乐其志

——讲析陶渊明《五柳先生传》

五柳先生[1]传

先生不知何许[2]人也，亦不详其姓字，宅边有五柳树，因以为号焉。闲静少言，不慕荣利[3]。好读书，不求甚解；每有会意[4]，便欣然忘食。性嗜酒，家贫不能常得。亲旧[5]知其如此，或置酒而招之。造饮辄尽[6]，期在必醉；既醉而退，曾不吝情[7]去留。环堵萧然[8]，不蔽风日，短褐穿结[9]，箪瓢屡空[10]，晏如[11]也。常著文章自娱，颇示己志。忘怀得失，以此自终。

赞曰：黔娄之妻[12]有言："不戚戚[13]于贫贱，不汲汲[14]于富贵。"极其言，兹若人之俦乎[15]？酣觞[16]赋诗，以乐其志，无怀氏[17]之民欤？葛天氏[18]之民欤？

注　释

①先生：对男子的敬称。

②何许：何地，何处。许，处所。

③荣利：荣名利禄。

④会意：会心之义，指与心中所想相合。

⑤亲旧：亲朋好友。

⑥造饮辄尽：来到就尽情把酒喝光。造，到。辄，则。

⑦吝情：吝惜感情，意谓不留恋。

⑧环堵萧然：四壁空空。堵，墙。萧然，空无所有的样子。

⑨短褐：粗布短袄。穿：破着窟窿。结：打着补丁。

⑩箪：盛饭的篓子。瓢：盛水器。屡空：常常空空如也。

⑪晏如：安然不在乎的样子。

⑫黔娄之妻：黔娄，人名，见《高士传》，是齐国一个拒受聘为卿相的高人。黔娄之妻的话见于《列女传》。

⑬戚戚：忧愁。

⑭汲汲：不断地努力追求。

⑮“兹若”句：黔娄之妻的话所说的，就是五柳先生一类人吧。兹，连词，起承接作用，有“则”“斯”之义。若人，这个人，指五柳先生。

⑯酣觞：畅饮。觞，酒杯，这里用以指酒。

⑰无怀氏：《史记》服虔注云见于《庄子》，传说中的远古帝王。

⑱葛天氏：见《吕氏春秋》，亦传说中的远古帝王。

讲　析

陶渊明是我国文学史上的大家，诗歌独开一派，散文造诣亦深。名列古文“唐宋八大家”的北宋欧阳修曾说：“晋无文章，惟陶渊明《归去来》一篇而已。”足见他对陶文的倾倒。欧阳氏只举出陶之《归去来兮辞》，其实，陶的《桃花源记》《五柳先生传》等，也都是好文章。

篇名《五柳先生传》，顾名思义，是为“五柳先生”作传，是一篇传记文。那么传主“五柳先生”是什么人呢？南朝梁代的沈约说：“潜少有高趣，尝著《五柳先生传》以自况”，“时人谓之实录”（《宋书》陶潜本传）。陶渊明一名潜。梁昭明太子萧统在《陶渊明传》中也说：“渊明少有高趣，博学善属文，颖脱不群，任真自得。尝著《五柳先生传》以自况。”沈、萧均距陶的年代不远，所言极为切实。所谓“自况”，即是说《传》乃陶之自画像；所谓“实录”，即写得真实贴切。这道出了本篇的根本，《五柳先生传》乃陶渊明为自己作传，这是读本文首先应该了解的。

陶渊明的一生主要是在田园中度过，从同代的人起，就把他称为“幽居者”，即隐士。但他并非压根就没有壮志和用世之心。他在《杂诗》中说“忆我少壮时”“猛志逸四海”，从小就壮志凌云。《饮酒》诗中也说“少年罕人事，游好在六经。行行向不惑，淹留遂无成”。他从少年起就集中精力研读儒家经典，以备经邦济世，年近四十仍然功业无成，还颇深感慨，称得上是壮怀激烈了。但是天不作美，他生活的东晋末期，政局混乱，官场污浊，中年几度出仕，与实现壮志全不沾边，只使他感到“志意多所耻”。加上他“性刚才拙，与物多忤”，即个性耿介，不会圆滑，常常与世俗发生矛盾，难以在其中周旋，反而招来祸患。于是他毅然归田，在田园这片净土中，带着浓厚的浪漫情调，怡然自得地生活，傲彼浊世。其可贵处，就在于能够守志安贫，不与污浊同流，清操壮节，凛然千古。《五柳先生传》正是托名五柳先生刻画出这样一个高风亮节的人物。

全文不长，不同版本文字略有出入，但都在一百七八十字之间。在这样简短的篇幅里，能把传主勾画得栩栩如生，形象丰满，性格鲜明，让人不能不佩服作者的艺术功力。

传记文开篇总不免要交代传主的姓名、字号、籍贯，如《史记·司马相如列传》开篇即曰："司马相如者，蜀郡成都人也，字长卿。"本文开篇四句"先生不知何许人也，亦不详其姓字，宅边有五柳树，因以为号焉"。究其实也不外是对人物身份的交代。但传主不凡，落笔便不同凡响，飘忽有趣，引人入胜。切不可轻轻看过这几笔，味其趣而不识其实，漏落了其中隐含的深意。这里的"许"字，作处所解，"何许人"即"何地人"。五柳先生竟不知是何地人！古人是重地望的，姓氏前常要冠以家世籍贯，高自标榜，以增身价。在两晋门阀制度下尤其如此，如琅琊王氏、陈郡谢氏之类。而五柳先生却全不理会这些，不讲地望，毫无标榜之意，足见其高出流俗之上。古人又是重声名的，有所谓立德、立功、立言之说，追求声名不朽，而先生却连个姓氏名字也不清楚，宅子旁边有五棵柳树，便指以为号，可见他又自处于世俗观念之外。寥寥几笔，一个隐姓埋名、深藏避世、超尘拔俗的"高人"形象便立起来了。语极平淡，味极深醇，这就是苏东坡评陶诗所说的"似癯实腴"的笔墨境界。作者《归园田居》诗说："方宅十余亩，草屋八九间。榆柳荫后檐，桃李罗堂前。""宅边有五柳树，因以为号焉"，又隐隐散发出浓郁的田园气息，展示出幽居者的独特田园环境，可以说没有一点闲笔墨。锺嵘评陶诗说"文体省净，殆无长语"，同样可以移来评他的文。

接下去是两句概括语："闲静少言，不慕荣利。"只简单的八个字，便道出了五柳先生最本质的情操。后一句是根本，因为不为荣名利禄动心，所以能守志不阿，而高出流俗之上。朱熹说："晋宋人物虽曰尚清高，然个个要官职。这边一面清谈，那边一面招权纳货。陶渊明真个能不要，此所以高于晋宋人物。"这话很能说到点子上。

前一句“闲静少言”，又正是“不慕荣利”的行为表现。“闲静”即不尚交往，“少言”即不喜应酬，说的就是不与官场来往。这也就是陶诗中所说“息交游闲业，卧起弄书琴”，“结庐在人境，而无车马喧”。这两句搭配到一起，前后映衬，互为生发，气氛浓郁，文意深明，的确是好笔墨。

下面集中描写五柳先生在田园中守志安贫的生活情态。可分几个方面：其一曰读书。他的读书不同于常人。一般人读书，是为了增长知识，开阔眼界，对所读之书自然要做系统深入的把握。他不同，虽喜爱读书，却不求甚解，即意不在详细了解书中的内容，而是从中寻求“会意”之处。所谓“会意”，即寻求会己心、惬己意者，以获得思想上的共鸣和感情上的寄托。一旦书中所言，于己心有戚戚然，便高兴得饭也忘吃了。这种读书态度，很有点浪漫的味道。他的《赠羊长史》诗说：“愚生三季后，慨然念黄虞。得知千载外，正赖古人书。”他感慨自己生在三代之后，没有赶上黄帝、虞舜的理想时代。但心中是念念不忘的，怎么能再体验那种时代的光景呢？就只能靠古人的书了。他读古人的书，是去寻找回味理想时代的生活。这是陶渊明的读书的态度和追求的最好说明。

其二曰饮酒。爱喝酒，但家贫，不能常有酒喝。他的人缘不错，亲戚朋友知道他的这种境况，常常备了酒召他来饮。而他每应亲旧之召，前去饮酒，一定把酒喝光，必至酩酊为止，绝不讲客气。人家备酒相款，喝足了之后，既不道谢，也不感激，抽身即退，于酒有情，于人无意。“去留”是偏义复词，重在“去”。“不吝情”即不系恋、不在意。作者《己酉岁九月九日》诗说“何以称我情，浊酒且自陶”，他的饮酒本来是以酒陶情的。心所想的，眼所见的，只是酒，并不在乎这酒是哪里来的。这节饮酒的笔墨，刻画出一个什么样的人物呢？一任本性而行，没有一点世俗礼仪的痕迹。这也就是萧统《陶渊明传》所说的“真率”“有高趣”，“颖脱不群，任真自得”。但用饮酒这一连串的态度行为表现出来，情景动人，真切传神，绝非抽象的述说语可比，是善于运用细节描写的笔墨。韩愈的《祭十二郎文》，没有一句我悲伤呀，我痛苦呀，只是叙说他与侄子十二郎，两世一身，力求二人能多相聚，而终未能如愿，娓娓道来，楚楚动人，催人泣下，可见韩愈深得此种笔墨的奥妙。

其三曰安贫。也只十几个字：“环堵萧然”就是四壁空空，可谓一贫如洗，“不蔽风日”，风吹得进来，太阳也晒得进来，可谓破烂不堪。这是写住。穿的是粗布短衣，这简陋的衣服还破着窟窿，打着补丁。这是写穿。盛饭的篓子和盛水的瓢，常常空空如也。这是写食。吃、穿、住没有一样不困弊不堪，却处之坦然。不因贫夺志，也不因贫败意，见出先生的高处。鲁迅先生在谈到陶渊明平和的一面时说，他“是个非常和平的田园诗人。他的态度是不容易学的，他非常之穷，而心里很平静。家常无米，就去向人家门口求乞”，“他穷到衣服也破烂不堪，而还在东篱下采菊，偶然抬起头来，悠然的见了南山，这是何等自然”。可以帮助我们体会这里所写的境界。

其四是著文，写文章。“常著文章自娱，颇示己志。”他吟诗作文，亦不是为流传百世，声名不朽，而是用以示志娱情。示什么志，娱什么情呢？就是本篇传记中所写的高志奇情：憎恶世俗，守志于田园，甚至是陶醉于田园。文章不过是“导达意气”，自乐其志的工具。

四个方面概括起来就是：读书适意，醉酒陶情，安贫乐道，著文娱志。通过这几个方面的勾画，一个坚守节操、不随流俗的“高人”形象便立起来了，活起来了。选材极精，造语极简，意足笔止，风神宛然。古人说文章作到好处，增之一分则太长，减之一分则太短，陶文够得上这样的标准。

传文的末两句“忘怀得失，以此自终”，与篇中的“闲静少言，不慕荣利”，前后呼应。意更明，味更浓。何谓得失，求荣名，追利禄者，获之曰“得”，不获曰“失”，本“不慕荣利”，自然就“忘怀得失”了。

文章最后还有一段赞语。“赞”是历史传记的一种体式，缀于传文之末。《文心雕龙》说：“赞者，明也，助也。”“赞”有二义，两个作用。传文中记事有未完备之处，在“赞”中补足，即“助”之义；传文中褒贬之意没有说尽，在“赞”中讲透，即“明”之义。所以“赞”不是赞美，而是对史传正文的记事和褒贬做进一步的补充和申说。本文巧妙利用这一体式，进一步鲜明揭示五柳先生的本质精神，展拓文章的境界。“赞”先以黔娄之妻的话，展示先生的本质精神，“黔娄之妻有言‘不戚戚于贫贱，不汲汲于富贵’，极其言，兹若人之俦乎?”不为贫贱而忧愁，不为富贵而奔走，这正是五柳先生的本色，所以说“极其言，兹若人之俦乎?”黔娄之妻的话所说的，就是五柳先生一类人吧。如果我们把《传》文中五柳先生的形象，予以概括，那么也就是“不戚戚于贫贱，不汲汲于富贵”。这可以说是“赞”的“明”的作用。“赞”的后几句，进一步展示幽居娱志的生活情态：“酣觞赋诗，以乐其志，无怀氏之民欤?葛天氏之民欤?”是画龙点睛之笔，说五柳先生简直就是无怀氏、葛天氏时代的百姓。陶渊明常用古史传说指称自己的理想时代、理想社会。《时运》诗说：“黄唐莫逮，慨独在余。”“黄唐”即指传说中的黄帝、唐尧时代。《饮酒》诗说：“羲农去我久，举世少复真。”“羲农”即指传说中的伏羲氏、神农氏时代。说五柳先生简直是无怀氏、葛天氏时代的百姓，等于说五柳先生的生活是理想社会中的人们的生活，文章的境界更高了，文章的思想也进一步升华了，可以说是“赞”体的“助”的作用。作者的《与子俨等疏》说：“常言五六月中，北窗下卧，遇凉风暂至，自谓是羲皇上人。”这里表现的显然是这种生活的折射。

我国史书比较发达，传记一类文字也出现较早。西汉司马迁的《史记》，东汉班固的《汉书》，都包括大量人物传记。但是这些都是史传，本质上属于历史。所以，尽管它们也具有文学性，甚至被称为“传记文学”，对材料也有重要的剪裁和取舍，但总要比较全面地反映人物生平事迹。《五柳先生传》不同，它是纯文学性传记，不等于人物的纪实。说《五柳先生传》是作者的“自况”，也只是说它真实地反映出陶渊明生活态度、情况的一个重要方面。如果以为这就是陶渊明的全部真实，便未免有点误解了。比如“闲静少言”四个字，对世俗一面来说，陶渊明的确是如此的，所谓“穷巷隔深辙，颇回故人车”。可是在另一个生活圈子里，他既不“闲静”，也不“少言”。他和田园中的农户“时复墟曲中，披草共来往”，和志同道合的佳邻好友“过门更相呼，有酒斟酌之”，都是“农务各自归，闲暇辄相思；相思则披衣，言笑无厌时”的。另外，他在实际生活中也不是整天那样悠然。由于他是“欲有为而不能者”，心情并不能完全平静。五十岁时写的《杂诗》还在说：“日月掷人去，有志不获骋。念此怀悲凄，终晓不能静”，因为壮志未伸，年华虚度竟然焦灼到整夜不得安眠，哪里悠然呢！他的生活质量不断下降，“夏日抱长饥，寒夜无被眠。造夕思鸡鸣，及晨愿乌迁”。夜里没有被盖，盼着晨鸡报晓，白日没有饭吃，又转盼天黑。有时更“饥来驱我去，不知竟何之。行行至斯里，叩门拙言辞”，向人讨饭去了，也是无法一味“晏如”的。他还写了《述酒》《咏荆轲》《读山海经》等诗，写出“刑天舞干戚，猛志固常在”那样的诗句，对时事的激烈情绪溢于言表，可见也没有完全忘世，成为无怀氏、葛天氏之国的子民。所以，《五柳先生传》虽是自况，却不等于全面纪实，而是创作。它不拘人物之迹而传人物之神。对于陶渊明来说，虽然并不符合全部实际，却比任何史传的记载更能表现出陶渊明独有的一种精神风貌，它着重刻画出一种人物精神，这是作者理想的、衷心倾慕的、在诗文作品中竭力表现的、行为上也是努力去实践的一种精神，也是千百年来给人印象最深、影响最大的精神。我们甚至可以把它称为“陶渊明精神”，这就是艺术和典型的力量。《五柳先生传》是我国文学史上第一篇文学传记，开创了文学传记体，隋末唐初人王绩作《五斗先生传》，即承其流。

如果我们稍微细心一点，便会发现，本文对人物的描写，大半都是总结性语言。从性情品格到读书、饮酒、处贫、著文各方面生活，无一不是概括性的结论。好像作者在给五柳先生做鉴定。没有写一件具体事实，但每一项中都包含大量的事实，所以简约的语句中含有丰富的内容，高度凝练。这是本文又一大特点。特点并不就是优点，用总结性语言刻画人物，很容易流于抽象、概念，写得干枯无味。本文的妙处在于，虽然使用结论式的语句，却决不抽象，每一条背后都含有丰富的生活情境；逐条叙来，也就逐条展开生动的生活状态，绝不令人感到干枯，反而具有诗一般的韵味。他所提炼出来的这些结语，是充分生活情态化、形象化、诗化了的，表现出作者概括生活、表现生活的巨大能力。两晋时期玄风盛行，清谈玄言崇尚用简约的语言表述深奥的意蕴，那时连品题人物也讲究隽语传神，我们可以在《世说新语》中看到这方面的具体描写，影响及于文风，便取精约明净，简语传神。陶文的这种笔墨，可能与这种风气有关。

作者写《五柳先生传》，着重刻画五柳先生的精神，不是无谓的，显然是颂扬这种精神和这样的生活态度，也显然是以这种精神和态度睥睨世俗。所以《五柳先生传》不仅是自况，还是自许、自赞。但是这赞许之意，并不直接诉诸文字，而是寓于字里行间。于叙事中见颂扬，于颂扬中见兀傲。粗粗读来，作者只是不动声色地勾勒人物形象，转一体味，扬己傲世之意尽在其中。“每有会意，便欣然忘食”，“箪瓢屡空，晏如也”，“忘怀得失，以此自终”，这些平平淡淡的似乎全是客观叙述的语句中，包含多少颂扬与自我肯定！“无怀氏之民欤？葛天氏之民欤?”不言傲世，傲世之意自在言外。这是很高的写作本领，压抑着满怀激情不使流泄，结果笔端饱含感情，表现得更为含蓄，也更有感人力量。我们常见有的作者为了颂扬一个人物，一味评功摆好，赞不绝口，结果只是使人感到叫嚣纷呶，丝毫不能打动人。

本篇的文字的特色也值得注意。朱熹评陶渊明的诗说，“平淡出于自然”，陶文也是如此。他的文字非常朴素质实，决不选声设色，讲究辞藻色彩的华美。有柳有宅已足够了，无取乎绿柳黄墙。《归园田居》诗说“榆柳荫后檐，桃李罗堂前”，也只取桃柳绕屋，而不讲桃红柳绿。作者在这一点上，与在他之前的郭璞、同时的颜延之、之后的鲍照，都大异其趣。他的表现方式则纯取白描，只是用平淡的语言直叙情事，摹状物象，使人不觉其有语言文字，而直触到其中的事、物、情。作者文笔又极其自然，如小溪流水，随物曲折，如白云浮天，舒卷自如，读起来丝毫没有吃力之感。宋人杨时说，陶渊明“冲澹深粹出于自然，若曾用力学，然后知渊明诗非着力之所能成也”。话是不错的，用力学便不免做作，做作也便无法自然。必须是“不待安排，胸中自然流出”，方能造自然之境，自然与“率意任真”分不开。但就文字的表现上来说，平淡自然又不是率尔操觚所能办到的，文字要运用到十分圆熟的地步，才能达到平淡自然的境界，所以它是文字的高境。这里不是说只有平淡自然的文章才好，而是说平淡自然是文字的高格之一，是文艺百花园中独具风韵的一朵奇葩。

视角高妙　笔简力遒

——讲析苏轼《李太白碑阴记》

李太白[①]碑阴[②]记

李太白，狂士[③]也；又尝失节于永王璘[④]，此岂济世[⑤]之人哉！而毕文简公[⑥]以王佐[⑦]期之，不亦过乎？

曰：士固有大言而无实，虚名不适于用者，然不可以此料[⑧]天下之士。士以气为主。方高力士[⑨]用事，公卿大夫争事之，而太白使脱靴殿上[⑩]，固已气盖天下矣。使之得志，必不肯附权幸[⑪]以取容[⑫]，其肯从君于昏乎？

夏侯湛赞东方生云[⑬]：“开济明豁[⑭]，包含宏大。陵轹卿相[⑮]，嘲哂豪杰。笼罩靡前[⑯]，跆籍[⑰]贵势。出[⑱]不休显[⑲]，贱不忧戚。戏万乘[⑳]若僚友，视俦列[㉑]如草芥[㉒]。雄节迈伦[㉓]，高气盖世。可谓拔乎其萃[㉔]，游方之外者也[㉕]。”吾于太白亦云。

太白之从永王璘，当由迫胁。不然，璘之狂肆寝陋[㉖]，虽庸人[㉗]知其必败也；太白识郭子仪之为人杰[㉘]，而不能知璘之无成，此理之必不然者也。吾不可以不辩。

注　释

① 李太白：唐诗人李白，字太白。

② 碑阴：古时墓前立碑，碑的正面称“阳”，背面称“阴”。

③ 狂士：狂傲的士人。

④ 永王璘：唐玄宗之子李璘，封永王。安史之乱爆发，玄宗逃往蜀地。途中任命李璘为山南东道、岭南、黔中、江南西道四路节度使，驻镇江陵。不久，玄宗之子李亨于灵武即皇帝位，命令李璘由江陵还蜀回到玄宗身边。李璘不听，由江陵率军沿长江东下。当时李白正隐居庐山屏风叠，大军经过时，遂补征召入幕。后李亨派兵消灭李璘，李白因此获罪，流放夜郎，遇赦得还。所谓“失节于李璘”，即指此事。

⑤ 济世：治理国家，有益社会。

⑥ 毕文简公：即毕士安，北宋人，字仁叟。宋真宗时，官至参知政事、平章事。死后谥文简。

⑦ 王佐：君主的辅佐。

⑧ 料：估量，揣度。

⑨ 高力士：唐玄宗宠幸的宦官，累官至骠骑大将军、开府仪同三司。玄宗后期，他声威显赫，专擅朝廷，四方奏请，都先由他过目，小事即自行决定，朝臣都争相趋奉巴结。

⑩ 太白使脱靴殿上：事见《旧唐书·李白传》：“（李白）尝沉醉殿上，引足令高力士脱靴。”

⑪ 权幸：以奸佞而得宠的权臣。

⑫ 取容：苟且保位。

⑬“夏侯湛”句：夏侯湛，西晋人，字孝若，曾官散骑常侍。东方生，指东方朔，西汉人，字曼倩。汉武帝时曾任大中大夫、给事中等职。善诙谐滑稽，而时有正言切谏。夏侯湛曾作《东方朔画赞》，赞颂其蔑弃礼法，友

视帝王，凌轹公卿的品格。文见萧统《文选》卷四十七。此言“夏侯湛赞东方生云”，即指该文。

⑭开济明豁：《文选》此句作“明济开豁”，当从。明济，指明察时势，处世能通。开豁，指胸怀宽广。

⑮ 陵轹：同“凌轹”，欺压倾轧。卿相：指朝廷贵重大臣。

⑯ 笼罩靡前：指气概无前。靡，无。

⑰ 跆籍：践踏。

⑱ 出：指入仕。

⑲ 休显：指名高位显的大官。

⑳ 万乘：指君主。

㉑ 俦列：指同朝的官吏。

㉒ 草芥：喻轻微不足道。芥，小草。

㉓ 雄节：高节。迈伦：超越一般人之上。

㉔ 拔乎其萃：语出《孟子·公孙丑上》。萃本是草丛生的样子，引申为聚集、众类之义，拔乎其萃即超群出众。

㉕“游方”句：语出《庄子·大宗师》，指超然于世俗礼教之外。按，“也”字《文选》作“已”。

㉖ 狂肆寝陋：狂乱无忌，矮小丑陋。《旧唐书·永王璘传》载李璘“貌陋，视物不正”。

㉗ 庸人：常人，见识浅陋的人。

㉘“太白”句：郭子仪，唐代著名将领。武举出身，累迁至朔方节度使，以平定安史之乱功，封汾阳王。李白识郭子仪为人杰事，最早见于唐人裴敬所撰《翰林学士李公墓碑》，言李白有知人之明，游并州时，郭子仪尚在行伍中，因事当受刑责，李白见其不凡，言于有司，极力推奖，使得免除刑罚。

讲 析

碑阴记也称碑阴文，是唐朝才开始出现的文体。墓碑上的文字以刻在阳面的碑文为主，全面记述墓主的家世与生平；碑阴的文字则属于补充性的，因而也比较灵活自由。或补叙事迹，或辨析行实，或抒发议论，可以就墓主的某一侧面或某一点，言作者所欲言。苏轼这一篇则侧重在对李白其人的评论。

如何评价李白？他是不是一个经邦济世的人物？在古人中有截然不同的看法。本文即围绕这一中心展开，通过对否定意见的辨析，表现了作者的肯定意见。

全文共分四段。第一段是摆出反对者所持的口实，树好靶子。认为李白非济世才的人们的主要口实有二：一是李白是狂士，一是李白曾经从璘。狂则大言无实，徒有虚名而不切实用，怎能济世？从璘就是附逆，背叛朝廷而丧失忠节，怎能经邦？作者紧紧抓住这两点，将它们并列点出，随即加一结语："此岂济世之人哉!"把问题提得赫然醒目。随后又拉来毕士安的评论。李白既是如此的人，毕士安却以王佐视之，岂不是太过分了吗？有了这一反衬，就把问题的尖锐程度推激到顶点，更加摇人心目。概括来说，这一小段文字有四个妙处：第一，对反对者的口实抓得准确集中，为全文的精悍打下了基础。下文即围绕辨析两大口实展开，关锁紧密，毫不支离，故精粹浑一。第二，全用反诘句式，笔锋犀利，咄咄逼人，增强了文章的气势。第三，正言若反，循篇读来，作者似乎属于持否定意见一类，至下文亮出自己的真正意见，出人意料，饶有兴味。第四，发端落笔，开门见山，直入诘难，突兀而起，使人有壁立千仞之感，警动引人。

文章的后三段都是辨析，紧紧扣住反对者的两大口实，二、三两段辨狂士之说，第四段辨从璘之说。先看第二段。这一段的开端，作者采取了欲跃先蹲的笔法，先退让一步，承认士当中确有那一种大言无实、虚名无用的人，然后一转，下一个斩钉截铁的断语说，然而不可以用它概括天下所有之士。这就轻轻把李白划分出来，而文句摇漾不平，起伏有势。苏文多波澜，即此种。李白既然不属于大言无实的狂士，那么他属于哪一种狂士呢？作者紧接着提出另一个论士的标准："士以气为主。"即李白是有"气"的狂士。这里所说的气近似孟子提出的"浩然之气"，它以"义"为根，以"节"为骨，是正义节操的外现。李白之狂正是狂在这有"气"上，所以狂得可爱，狂得可贵。接着作者标举一件"气盖天下"的事例：当高力士权倾朝野、公卿大夫争相趋奉巴结时，李白却敢于蔑视他，一如其本真身份那样把它视为皇帝的家奴，令他在殿上脱鞋，不怕冒犯得罪。这一无可辩驳的事实，使作者顺理成章地作出下文有力的推论：这样的人，如能得志为官，他能够阿附权臣以苟且保位吗？能够一任君主昏庸而唯诺不言吗？不言而喻，这样的人必然不计身家，指斥权佞，直谏庸主，自是社稷基石，朝廷栋梁。这一段事例举得有力，推论推得入理，文笔风发犀利，虎虎有生气。

第三段与第二段主旨相同，继续辨狂士之说，但写法完全两样，笔墨极富变化。第二段辨析说理，这一段则是借古明今。他所举的古人就是汉朝的东方朔。李白与东方朔并不全同，东方朔"诙谐以取容"，有假借圆滑以容身的一面，李白则"一生傲岸苦不谐"，一点也不"摧眉折腰"。然而它们也有共同点，这就是敢于蔑视贵势，友视君主，草芥朝臣，所谓"雄节迈伦，高气盖世"，"拔乎其萃，游方之外"。作者抓住了二人这一共同点，便不费吹灰之力，借用夏侯湛赞东方朔的文章，有力刻画出了李白的风貌，成为上一段最好的发挥与补充。写文章讲有“养”，熟读古代文献，拥有广博学识是“养”的内容之一，但也要善学善用，苏轼这里就是善学善用的好例子。

文章的末段是辨从璘之说，所谓“失节于璘”。作者认为李白的从璘是由于“迫胁”，非所情愿。李白自己的诗中说过：“半夜水军来，寻阳满旌旃。空名适自误，迫胁上楼船。”也是说因名高而被迫强征入幕。不过这是事后追述之语，也许不免含有掩饰开脱的成分。所以作者并不拿来作为论据，而是全从一己的推论上立论。这个推论的核心就是李白有知人之明。李白能于行伍之中，一眼看出郭子仪是人杰，李璘其貌不扬，其行狂悖，李白怎能反不识其不能成事而跟他走呢？这与第二段一样，举证有力，推理入情，很有逻辑说服力量。辨析之意既明，文章也就戛然而止。开端不粘皮带骨，结尾也不拖泥带水，干净利落，神完气足，始终保持奕奕神采。

全文不长，除上文的分析之外，还有几点值得一提。

第一，综观全文，作者的主旨是在说明李白是经邦济世之人。但文章没有采取正面直说的方式，而是酝酿为辩难的结构，使文章由相互对立的两个部分组成，即第一段的诘难与后三段的辨析。这样一难一辩，一往一来，使得整个文章波翻浪涌，振荡有势，不平不板，引人入胜。使人不能不佩服章法结构之妙。

第二，全文一气呵成，气势充沛，如悬崖飞瀑，奔流而下。作者学识丰富，思想精深，故为文高瞻远瞩，包容无外。既善选择材料，又能驾驶材料。虽征引事例，而不陷于琐屑叙事以伤文气。无论毕士安语，还是高力士、郭子仪事，都精粹概括，熔铸成文，与淋漓析理的文句妙合无间，始终保持文句奔腾流畅。这一点很像贾谊《过秦论》，其中叙述秦孝公以来八十余年历史，用高度概括的笔墨，虽历叙秦几代史事，却绝不阐缓乏气。苏轼的文章受纵横家影响，无论上一点所说飞辩逞辞，还是这一点所言气势充沛，都明显看得出纵横家的影子。

第三，碑阴记在文章大类上仍属“记”体。“记”以纪事为主，故《金石例》云：“记者，纪事之文也。”唐人还大体如此，不过已稍兼议论。至宋欧阳修和苏轼，则有全以议论为记者。故宋人陈师道说：“退之作记，记其事尔，今之记，乃论也。”苏轼本篇也表现了文体的这种转变。

第四，苏轼是很崇敬李白的。他的诗早年学刘禹锡，中年则受李白的影响。他那豪放的诗风，清雄的格调，都分明打着李白的印迹。这篇记在评论李白上，态度坚定，言辞犀利，气势无前，不能不说和这种深厚的感情基础有密切关系。

游 说 篇

析深喻妙　辞辩气雄

——讲析《孟子·齐桓晋文之事章》

孟子·齐桓晋文之事章

齐宣王[①]问曰：“齐桓[②]晋文[③]之事，可得闻乎？”孟子对曰：“仲尼[④]之徒，无道桓、文之事者，是以后世无传焉；臣未之闻也。无以，则王乎[⑤]？”

曰：“德何如则可以王矣？”曰：“保民而王，莫之能御也。”曰：“若寡人[⑥]者，可以保民乎哉！”曰：“可。”曰：“何由知吾可也？”曰：“臣闻之胡龁曰：‘王坐于堂上，有牵牛而过堂下者，王见之，曰：牛何之？对曰：将以衅钟[⑦]。王曰：舍之，吾不忍其觳觫[⑧]，若[⑨]无罪而就死地。对曰：然则废衅钟与？曰：何可废也，以羊易之。’不识有诸[⑩]？”曰：“有之。”曰：“是心足以王矣！百姓皆以王为爱[⑪]也，臣固知王之不忍也。”王曰：“然，诚有百姓者。齐国虽褊小[⑫]，吾何爱一牛！即不忍其觳觫，若无罪而就死地，故以羊易之也。”曰：“王无异[⑬]于百姓之以王为爱也。以小易大，彼恶知之？王若隐[⑭]其无罪而就死地，则牛羊何择焉？”王笑曰：“是诚何心哉！我非爱其财而易之以羊也；宜乎百姓之谓我爱也。”

曰："无伤也，是乃仁术也，见牛未见羊也。君子之于禽兽也，见其生不忍见其死，闻其声不忍食其肉，是以君子远庖厨[15]也。"王说[16]曰："《诗》云：'他人有心，予忖度之。'[17]夫子之谓也。夫我乃行之，反而求之，不得吾心。夫子言之，于我心有戚戚[18]焉！"

"此心之所以合于王者，何也？"曰："有复于王者，曰：'吾力足以举百钧[19]，而不足以举一羽；明[20]足以察秋毫[21]之末[22]，而不见舆薪[23]。'则王许之乎？"曰："否！""今恩足以及禽兽，而功不至于百姓者，独何与？然则一羽之不举，为不用力焉；舆薪之不见，为不用明焉；百姓之不见保，为不用恩焉。故王之不王，不为也，非不能也。"

曰："不为者与不能者之形[24]，何以异？"曰："挟大山[25]以超北海[26]，语人曰：'我不能'，是诚不能也。为长者折枝[27]，语人曰：'我不能'，是不为也，非不能也。故王之不王，非挟泰山以超北海之类也；王之不王，是折枝之类也。老吾老以及人之老，幼吾幼以及人之幼[28]，天下可运于掌[29]。《诗》云：'刑于寡妻，至于兄弟，以御于家邦。'[30]言举斯心，加诸彼而已。故推恩足以保四海，不推恩无以保妻子；古之人所以大过人者无他焉，善推其所为而已矣！今恩足以及禽兽，而功不至于百姓者，独何与？权，然后知轻重；度，然后知长短[31]，物皆然，心为甚。王请度之！”

“抑[32]王兴甲兵，危士臣，构怨于诸侯，然后快于心与？”王曰：“否，吾何快于是！将以求吾所大欲也。”曰：“王之所大欲，可得闻与？”王笑而不言。曰：“为肥甘[33]不足于口与？轻煖[34]不足于体与？抑为采色不足视于目与？声音不足听于耳与？便嬖[35]不足使令于前与？王之诸臣皆足以供之，而王岂为是哉！”曰：“否。吾不为是也。”曰：“然则王之所大欲可知已：欲辟土地，朝秦楚[36]，莅中国[37]而抚四夷也。以若所为，求若所欲，犹缘木而求鱼也。”

王曰：“若是其甚与？”曰：“殆有甚焉。缘木求鱼，虽不得鱼，无后灾；以若所为，求若所欲，尽心力而为之，后必有灾。”曰：“可得闻与？”曰：“邹人与楚人战，则王以为孰胜？”曰：“楚人胜。”曰：“然则小固不可以敌大，寡固不可以敌众，弱固不可以敌强。海内之地，方千里者九，齐集[38]有其一；以一服八，何以异于邹敌楚哉！

“盖[39]亦反其本矣！今王发政施仁，使天下仕者皆欲立于王之朝，耕者皆欲耕于王之野，商贾皆欲藏于王之市，行旅皆欲出于王之涂，天下之欲疾其君者，皆欲赴诉于王——其若是，孰能御之？”

王曰：“吾惛[40]，不能进于是矣！愿夫子辅吾志，明以教我。我虽不敏，请尝试之！”曰：“无恒产而有恒心者，惟士为能。若民，则无恒产，因无恒心，苟无恒心，放辟邪侈[41]，无不为已。及陷于罪，然后从而刑之，是罔民[42]也。焉有仁人在位，罔民而可为也！是故明君制民之产，必使仰足以事父母，俯足以畜[43]妻子，乐岁终身饱，凶年免于死亡；然后驱而之善，故民之从之也轻[44]。今也制民之产，仰不足以事父母，俯不足以畜妻子，乐岁终身苦，凶年不免于死亡；此惟救死而恐不赡[45]，奚[46]暇治礼义哉！

“王欲行之，则盍反其本矣！五亩之宅，树之以桑，五十者可以衣帛矣；鸡豚狗彘[47]之畜，无失其时，七十者可以食肉矣；百亩之田，勿夺其时，八口之家，可以无饥矣；谨庠序[48]之教，申之以孝悌之义，颁[49]白者不负戴[50]于道路矣老者衣帛食肉，黎民不饥不寒，然而不王者，未之有也。”

注释

① 齐宣王：战国时齐国的国君，姓田氏，名辟疆，齐威王之子，约公元前 319—前 301 年在位。

② 齐桓：齐桓公，齐国的国君。

③ 晋文：晋文公，晋国的国君。

④ 仲尼：孔子名丘，字仲尼。

⑤“无以”二句：如果不能不说的话，就谈一谈王道吧。以，通“已”，休止。王，读去声。意为王天下，即用王道取得一天下，治理天下。

⑥ 寡人：春秋战国时诸侯国君对己之谦称。

⑦ 衅钟：古代新钟铸成后，杀牲取血以涂钟行祭。

⑧ 觳觫：牛被牵去屠杀时，因恐惧而颤抖的样子。形容恐惧得发抖。

⑨ 若：代词，它。

⑩ 诸："之乎"的合音。

⑪ 爱：吝财。

⑫ 褊小：狭小。指国土。

⑬ 无异：莫怪，不要奇怪。

⑭ 隐：怜悯。

⑮ 庖厨：厨房。

⑯ 说：同"悦"。

⑰"《诗》云"句：引诗见《诗经·小雅·巧言》，意思说别人的心思，我能揣摩到。

⑱ 戚戚：心动的样子。谓意相合。

⑲ 钧：古代重量单位，三十斤为钧。

⑳ 明：视力。

㉑ 秋毫：有二解，一说是秋天兽类纤细的新毛，一说是秋成谷实上所生的芒刺，总之指极细微的东西。

㉒ 末：尖端。

㉓ 舆薪：一车薪柴。

㉔ 形：表现。

㉕ 大山：泰山。大，同"太"。

㉖ 北海：指渤海，方位在泰山之北。

㉗ 折枝：有三解，一为长者按摩，如捶背之类；一向长辈屈腰行礼，这两解都以"枝"为"肢"的假借字。又一说是为长者攀折树枝做拄杖，为年老者服务。

㉘"老吾老"二句：前一句"老"字、"幼"字都用作动词，是敬养老

人、爱抚幼小之义。

㉙“天下”句：治天下之易如在手心中转动东西。

㉚“《诗》云”四句：引诗为《诗经·大雅·思齐》篇。刑，同“型”，为他人示范。

㉛“权”四句：“权”“度”二字都用作动词。权，称量。度，量度。

㉜抑：或是。

㉝肥甘：指香甜的美食。

㉞轻煖：指轻柔暖和的衣服。

㉟便嬖：宠爱的人。

㊱朝秦楚：使秦国楚国都来朝见。

㊲莅中国：君临天下。莅，居上视下。中国，中原地区。

㊳齐集：把齐国地域全凑集起来。

㊴盖：通“盍”，何不。

㊵惛：不明事，神志不清。

㊶放辟邪侈：指逸出礼法的邪僻放荡行径。辟，同“僻”。

㊷罔民：使民陷于罪过。罔，同“网”，网罗，陷害。

㊸畜：养育，抚养。

㊹轻：容易。

㊺赡：足。

㊻奚：何。

㊼鸡豚狗彘：鸡狗猪之类的家养禽畜。豚，小猪。彘，大猪。豚、彘，皆可泛指猪。

㊽谨：谨慎，这里指认真从事。庠序：学校。商代学校称“序”，周代学校称“庠”。

㊾颁：通“斑”，斑白，指老人白发。

㊿负：以身背东西。戴：以头顶东西。

讲　析

在先秦诸子的文字中，《论语》《孟子》都是语录体，即记言体，主要是记录孔子、孟子的言说。严格地说，这还不能称为文章。但它毕竟是一种创造，有它独特的艺术特点和成就，对后代散文产生过影响，具有了解和继承的价值。本篇记述孟子游说齐宣王的话语，是记言体中造诣较高，较具有代表性的一篇。

《孟子》一书流传下来有七篇，篇名大体取自首章首句的文字，既非概括全篇的内容，也不表明一篇的主旨，这显然只是一种标目，与后来文章的标题不可同日而语。东汉人赵岐作《孟子章句》，将每篇分为上、下，只是拆分为二，实质并无变化。每篇都是载录孟子言行的若干片段，这些片段各具独立性，称为一章，各章则连标目也没有，后人为了指认称呼的方便，也采用首句文字给它拟个标题。本章属于《梁惠王上》篇，因开端即是齐宣王向孟子询问齐桓晋文之事，故拟目称“齐桓晋文之事章”。

孟子名轲，字子舆，邹（今山东邹县东南）人，生当战国中期。周朝实行分封制，即封侯建国的管治体制。由周天子分封诸侯国，诸侯国再分封大夫采邑，所谓“诸侯有国，大夫有家”，建立起层层分封的贵族等级制度。但到了春秋时代，周天子的统治权威旁落，诸侯国的势力膨胀，强国的诸侯国君便“挟天子以令诸侯”，实际左右着列国的政局，成为霸主，先后出现了“春秋五霸”。齐桓、晋文就是最早的两个霸主。齐宣王时，已是战国后期。这时齐国虽还较强，已非霸主，但他对霸主地位却始终恋念不已，所以还想向孟子讨教齐桓、晋文之事。这一章就是记述孟子批驳齐宣王霸道之想，而向他宣扬儒家的王道的。

为了很好领略文章的特色，有必要先澄清两个问题。一个是应摘去孟子“亚圣”的面具，还其士子面目。封建时代，由于孟子跟从“至圣”孔子之后被尊为“亚圣”，成为第二号圣人，很容易使人们产生一种错觉，以为他讲话不同常人，道理必是深奥精微的，语言必是高雅典重的，态度必是刻板严肃的，这些很影响人们理解其文章本色。其实孟子被圣化，是汉以后的事情。汉人开始称他为“亚圣”，但还没有把他的书尊为“经”，班固《汉书·艺文志》还将《孟子》列入“诸子”类。宋代朱熹提倡理学，特重《孟子》，列为“四书”之一，成为士子必读的经典，地位日高。稍后，王应麟的《玉海》，便将它列为“九经”之一，升格为“经”了。至于在当时，孟子不过是诸子之一，与在他前后的墨子、荀子等并没有什么差别，都是一般的士子。他跟诸子一样，东奔西跑游说诸侯王，还常常遭到冷遇，碰一鼻子灰，也没有超出诸子之上的特别的权威，所以他的文章仍是诸子的文章。

再一个是要认清本篇的体式是记言体，不是议论文。一般的议论文，总是要立一标题以示中心，然后有主有从、有干有枝地展开条分缕析，有严谨完整的结构。记言体不同，是以人物的话语或与他人对话的形式表现，文字的展开是沿着对话的需要发展，一个话题谈完，文章也就结束。无论就文章的结构还是使用的语言来说，记言体都别具特色。从我国散文的发展历史看，这种体裁源头较早。如我国最早的一部文献汇编——《尚书》，主要是记述帝王和重臣的训诰；最早的一部子书——《论语》，主要是记载孔子及其部分弟子的言论，都是记言体。不过《孟子》的记言有了很大的发展。《尚书》只是板重的训诰文辞，《论语》则大体是细碎对答的三言两语，孟子不同了，他处于称雄角胜、百家争鸣、辩难云涌、游说风行的战国时代，其言辞多辩难游说色彩，篇幅也相应加长了。总之，这是一篇游说文字，它的艺术特色与这一体式密切相关。明确了上述两点，便可以进入正文的分析了。

全章大体可以分为三部分。从开篇到"王请度之"是第一部分，中心是说明齐宣王有行王道的根基，其未行王道，不是不能，而是不为。

文章以齐宣王问"齐桓晋文之事"即"霸道"开端。"齐桓"指齐国的齐桓公，"晋文"指晋国的晋文公。齐桓公曾九合诸侯，一匡天下；晋文公曾定乱扶周，破楚救宋，都曾经号令天下。但他们的行事不是秉德依仁，而是依势恃力，被儒家斥称为"霸道"，所以这一问受到孟子的抗言抵斥。"仲尼之徒"即孔子之徒，孔子名丘字仲尼。孔门弟子是没有称道桓文之事的，所以无传，一定要说下去的话，就谈谈王道吧！本篇本来意在宣扬"王道"，却不直从王道说起，而由问"霸道"发端，这个头开得很妙，它避免了平铺直叙，一开始便进入驳辩之局，使文章起得有力有神，摇漾生姿，引人瞩目。而宣王的一问，又逼出孟子的一段声言来。孟子是一个善养"浩然之气"的人物，其气又是"集义所生""至大至刚"（见《孟子·公孙丑上》），不可摧折，所以讲起话来，显得理直气壮。这段声言不仅表明了对"霸道"的鲜明拒斥态度，而且其声口之刚毅果决，锋芒逼人，也很能反映孟子谈话的个性。记言能够传达出一个人的精神气质来，应该说是具有相当艺术造诣了。又不只此，本篇实质上是一篇王霸论，以王道去征服霸道。"王""霸"之争是本篇的中心，全篇均围绕这一中心展开。齐宣王与孟子恰恰各占一端。齐宣王即位后，任用田忌、孙膑等名将打败魏国，一时号称强盛。他倾心春秋霸业，是想行霸道的代表。而孟子则以兴王黜霸为己任。

他曾说："以力假仁者霸，霸必有大国；以德行仁者王，王不待大。……以力服人者，非心服也，力不赡也；以德服人者，中心悦而诚服也。"（《孟子·公孙丑上》）行"霸道"只是压服，行"王道"才能使人心服，他的观点很明确，是王道的代表。如此开端，使"王""霸"二者一开始都亮了相，实具有笼贯通章、纲领全篇的作用。这是第一部分的第一小节，提出和明确了话题。

接下去便逐次展开孟子的诱说，其高妙在于极尽迂回曲折之能事，又妙喻联翩，引人入胜，使齐宣王不觉随其牵引而入其彀中。从"曰：'德何如则可以王矣'"到"于我心有戚戚焉"是第二小节，论证齐宣王有行王道的根基，先把他与王道绾合在一起。如何才能王天下呢？孟子明确提出"保民而王"。因为"以德行仁者王"，王天下的关键在于推行仁政。施惠于民，所以能够以保民去王天下，则天下无敌了。那么宣王能不能行"保民"之政呢？关键在于有没有不忍之心。孟子便在宣王有此心上大做文章了，这是能行王道的根基。对于这一点，孟子没用简单无力的直言断语来表现，而是抓住宣王近臣胡龁所讲的一件事情，即宣王不忍见衅钟之牛觳觫来旁证曲说，凿凿有力。不忍之心就是恻隐之心，"恻隐之心，仁之端也"（《孟子·公孙丑上》）。所以这种心就是仁德之苗，仁政之根，王道之本，因而导致一个明确的结论："是心足以王矣！"有这样的心，就足以王天下了。这一手法的运用，不只使抽象的说理具有了故事性，生动而又形象，而且以宣王亲身经历的事情说服宣王，没有比这更有力量的了。宣王不忍牛之觳觫，曾提出以羊易牛，孟子既已论定宣王有不忍之心，便再深入一层，在以羊易牛上大肆发挥，说明为仁的事还没有做到家，只"见牛未见羊"。百姓看到王以羊易牛，"以小易大"，认为王是爱财；孟子不同，肯定王有不忍之仁心，以小易大，只是“仁术”问题，没有把为仁之事扩展下去。这就为下文做好了铺垫。推此仁心，由牛而及羊，再由牲而及人，便会达到“保民而王”的境地了，只一扩展之劳，而宣王竟未办到，这也为下节论说宣王未收王道之功，是不为而非不能埋下了伏笔。孟子这里的这点意思，本也可以直截了当地讲出来，但那样便平直无味了。端出一个百姓的看法来，局面便陡变，使这一小节文字中，百姓的揣度，宣王的辩白，孟子的分说，错综间杂，交相激发，文章起伏不平，意趣盎然。

从“此心之所以合于王者”到“王请度之”，是第三节，剖析宣王仁心未及于民，未成王道，是不为，而非不能。这一节文字的动人，在于善使比喻。其中又分三层。第一层先以一组妙喻提出：“王之不王，不为也，非不能也。”力能够举百钧之重，却说举不起一根羽毛，不是力量不够，而是不用力。视力能够看清毫毛的尖端，却说看不见一车柴草，不是视力不行，而是不用其视力。用这两个譬喻说明恩惠足以及禽兽，但功不至于百姓，不是不能行恩惠，而是没有将恩惠推广，是不用恩，贴切而有力。再加上使用对称排比的句式，更显得分外明晰。第二层再以挟山超海和为长者折枝两个鲜明对照的譬喻，进一步阐明“不为”和“不能”的分别。说挟山超海不能，是真不能；说为长者折枝不能，便不是不能，只是不为。这一比喻的明晰有力，使能而不为者无所遁形。一般的比喻是以一事物与他事物类似之点相比。如《孙子·虚实》篇说：“兵无常势，水无常形。”以水之无常形，随器而变，喻兵之无常势，随机而异。但水是实有之物，无常形是水之实有之性。孟子的这些比喻不同，并非实际存在的事物。从其凭空造说上讲，带有寓言性；从其表现手法上讲，带有夸张性。但是虽近寓言而不令人觉其虚假，能见理之真；虽极夸张而不失情事之实，反使理愈显。这是孟子在修辞上的一种贡献。这种比喻也常为后人采用。如《三国志·魏书·王粲传》载陈琳谏何进语说："以此行事，无异于鼓洪炉以燎毛发。"毛发见微火即焚，以洪炉烈焰燎一毛发，其事之易可想而知。这类比喻极富创造性，常常给人以出人意表的感受，新颖而生动。前两层既已论定并非不能，实系不为，第三层便顺此理势，加以正面晓喻。"老吾老"与"幼吾幼"的前一个"老"字、"幼"字都用作动词，是敬养老人、爱抚幼小之义。"天下可运于掌"，言治天下之易如在手心中转动东西，所引诗见《诗经·大雅·思齐》篇，意思是国君先做妻子的榜样，推而广之做兄弟的榜样，以至扩展到统御家族邦国。先秦诸子引诗，都是断章取义，这里只借以说明"举斯心，加诸彼"。这层意在说明王道不难，"推恩足以保四海"，为宣王引路，虽只直说，但也配上点引经据典，即有诗为证。

齐宣王为什么仁心不能及民呢？主要不是方法问题，而是胸中横有霸业之欲，这便是第二部分要解决的问题。从"抑王兴甲兵"句起至"孰能御之"句止，是第二部分，集中解析欲以霸道取天下之害。又分几步。第一步先引出王之大欲来。"兴甲兵"三句实即行霸道之义。因为行霸道以力征服天下，自然要兴甲兵；兴师动众自然要给士臣带来生命危险；大动干戈，启土开疆，自然要结怨诸侯。此问之妙在不直言霸道而列举其害，逼得宣王也不能不回答说"吾何快于是"，标榜他的大欲来了。"笑而不言"四个字，写宣王躲闪孟子谈锋的情态，传神尽相。宣王既已难言，只好由孟子来挑明，却又不径直说出，先列举肥甘、轻煖、采色、声音、便嬖等口体耳目之求，做一顿挫，五者皆非不足，才引至齐宣王之大欲，千回百转，摇曳生姿。齐宣王之大欲无非是以力征服天下，并国拓疆，使秦、楚皆来朝见，君临天下，周边民族也都降服受抚。

大欲既明，便进入第二步，危言其害。以这样所为，去求霸天下，犹缘木求鱼。紧接大欲之后，这当头一棒，使文势如悬崖坠石，有千钧之力。宣王也不禁惊言："有这么严重吗?"孟子以连珠之势进逼，不仅严重，恐怕更甚于此：缘木求鱼，不过是得不到，没有其他祸难，以这样所为，求霸天下，必有后灾。下言其灾，又以生动的比喻出之。邹是居处于鲁地的一个小国，楚是其力足以争衡中原的大国。举邹人与楚人战，自然是邹败楚胜，从而导出小不敌大，寡不敌众，弱不敌强的结论。有了这个有力的大前提，再摆出齐与天下对抗的形势，天下方千里者九，而齐只占其一，以一对八，其结果如何，自不言而喻了。"方千里者九"，是沿袭中国有九州的观念立说。"齐集有其一"，是说把齐国凑合起来不过方圆千里。

霸道之害已经摆清，第三步再夸说王道做正面引导。这段文字把王道仁政的威力铺排得淋漓尽致。只要发政施仁，仕者来了，耕者来了，商贾来了，旅客来了，天下憎恨其君者也来向你讨个公道了，简直像万道江河归大海，确实写出了一派"孰能御之"之势，不能不让人对"王道"垂涎了，可以看出孟子运用语言文字的高超能力。

"王曰：'吾惛'"以下至篇末为第三部分。经过扬仁抑霸正反两方面的说服，齐宣王表示就教，孟子这才水到渠成地拿出他的仁政主张来。从全篇看，前两部分是本篇最生动的部分，但都是为这一部分扫清道路的，这里才是孟子真正想说的要言妙道。第三部分大体又分两层讲。第一层先概言王政的基本内容，不外教、养两大端。所谓"养"，即使民有常产，足以饱身养家；所谓"教"，即礼义道德的训育。二者的关系是在有"养"的基础上施"教"。不如此，便是“罔民”，即陷民于罪。第二层，进一步详言仁政的制度，从田宅桑畜直到礼义庠序。“五亩之宅”，指宅园占地五亩。“百亩之田”，旧说古代井田制，一夫授田百亩，孟子承袭古制而说。再加上有“庠序之教”，即学校教育。这一王道仁政模式，仍出以排比对称句式，前言其制，后誉其利，王道之美，溢于言表。

孟子重视民心向背，讲究仁民爱物的民本思想，虽然反映了战国时期人民地位的提高和统治者对人民力量的重视。但当时的历史潮流是沿着霸道的方向前进的，凡是行法家主张，讲求耕战，富国强兵，便能取得胜利；而孟子这套主张是行不通的。司马迁在《史记·孟子荀卿列传》中说：“当是之时，秦用商君（商鞅），富国强兵。楚、魏用吴起，战胜弱敌。齐威王、宣王用孙子、田忌之徒，而诸侯东面朝齐。天下方务于合从连横，以攻伐为贤；而孟轲乃述唐虞三代之德，是以所如者不合。”说明他与潮流相左。当时人已经认为他“迂阔而远于事情”。所以这篇文章主要不在孟子政治主张的价值，而在于他游说的技巧、文辞的高妙。

上文着重分析了孟子讲话为文的用心，不过不要误以为文中的一切大都出于有意的造作。相反，很可能都是当时对话的实情，作文只是剪裁取舍之功。但这种剪裁取舍中，同样包含匠心，我们可以从中体会为文的奥妙。把上文的分析略加概括，有如下数点：

第一，迂回曲折。谈问题先是把主旨藏起来，从侧面、远处、外围入手，逐渐引向本题。如本意是在讲王道仁政，却从仁心开始；为论定宣王有仁心，又从他不忍牛之觳觫下手。这样，文章给人的感受，如循曲折小径探幽访胜，佳景异境不停地迎面而来，山重水复，柳暗花明，引人入胜。而文势则波澜起伏，动人心目，无一点平板呆滞处。

第二，逻辑谨严。文章不只迂回侧转得妙，而且环环紧扣得牢。好像一副链条，一环咬着一环，一经牵连，便难解脱，其原因就在内含严密的逻辑。所以，表面看来，文章铺张扬厉，纵横恣肆，似乎散漫无纪，实际段落分明，层次井然，逻辑清晰，切理餍心。在《孟子》之前，墨子文章极富逻辑性，但表达刻板，未免质木无文。孟子的高处在于能把生动活泼的文笔和说辞，同严密的逻辑结合成一体。

第三，词丰笔活。作者善于调动多种艺术手段，以求最好的表现效果。诸如贴切的比喻，有力的铺排，牵拉故事，引经数典，考究词语，讲求句式，词则千锤百炼，句则变化无常，奇句与对称句，单语与排比语，交错使用，所以修辞丰满，笔势灵活，文有富赡生动之美。

第四，理直气壮。孟子文章技巧的运用建立在一个深厚的基础上，即作者具有广博的学问，坚定的主张，强毅的性格。所以谈起话来飞辩逞辞，理足气盛，谈锋犀利，咄咄逼人。

总的来说，文章特别表现了雄辩的力量。孟子的同时人就说孟子好辩，公都子曾问孟子："外人皆称夫子好辩，敢问何也?"孟子虽然解释说，他只是想要"正人心，息邪说"，"予岂好辩哉？予不得已也"（《孟子·滕文公下》），但并没有否认多辩的事实。所以他锻炼得很有辩才，他的辩能够内充之以理，旁佐之以气，外助之以辞，加上文无常格，以气遣词，因而其文如长江大河，滔滔滚滚，风发骏利，气势磅礴，文辞富赡，自成一格。

寓言高妙　切理餍心

——讲析《战国策·齐策·陈轸说昭阳勿攻齐》

战国策·齐策·陈轸说昭阳勿攻齐

昭阳[1]为楚伐魏，覆军[2]杀将，得八城，移兵而攻齐。陈轸为齐王使[3]，见昭阳，再拜[4]贺战胜。

起而问："楚之法，覆军杀将，其官爵何也？"昭阳曰："官为上柱国[5]，爵为上执圭[6]。"陈轸曰："异贵于此者[7]，何也？"曰："唯令尹[8]耳。"陈轸曰："令尹贵矣，王非置两令尹也！臣窃[9]为公譬，可乎？楚有祠者[10]，赐其舍人卮酒[11]。舍人相谓曰：数人饮之不足，一人饮之有余。请画地为蛇，先成者饮酒。一人蛇先成，引酒且饮之[12]，乃左手持卮，右手画蛇曰：'吾能为之足[13]。'未成，一人之蛇成，夺其卮曰：'蛇固[14]无足，子安能为之足？'遂饮其酒。为蛇足者，终亡[15]其酒。今君相楚[16]而攻魏，破军杀将，得八城，不弱兵[17]，欲攻齐，齐畏公甚。公以是为名，亦足矣。官之上，非可重也。战无不胜，而不知止者，身且死，爵且后归[18]，犹为蛇足也。"昭阳以为然[19]，解军而去。

注　释

① 昭阳：楚怀王将领。

② 覆军：全部消灭敌军。

③“陈轸”句：陈轸被齐君派遣为使节。陈轸，夏（今山西夏县西北）人，战国纵横家。先后出仕秦、楚。在楚时，曾游说楚怀王合纵抗秦。

④ 再拜：一拜而又拜，表示极度尊敬。

⑤ 上柱国：战国时楚国所置最高武官，职位仅次于国相令尹。

⑥ 上执圭：楚国所置爵级名，为爵位的最高一级。

⑦“异贵”句：此外还有贵者吗？异，另外。

⑧ 令尹：楚国所设官名，掌管全国军政的最高官职，相当于其他诸侯国的国相。

⑨ 窃：自称的谦辞。

⑩ 祠者：举行祭祀的人。祠，祭祀。

⑪ 舍人：战国时期，对贵人宾客门客的通称。卮酒：一杯酒。卮，酒器。

⑫“引酒”句：拿起酒杯将要喝。引酒，拿起酒器。

⑬ 为之足：给蛇添上脚。

⑭ 固：本来。

⑮ 亡：失掉。

⑯ 相楚：相，辅佐，扶助。时昭阳为楚怀王令尹，楚国的令尹相当于诸侯国之相国。

⑰ 不弱兵：指兵力没有削弱。

⑱ 后归：给了后人。

⑲ 然：是。

讲　析

策文不长，但生动有力。前面交代情事的叙语，简洁扼要，干净利落。昭阳为楚攻魏，获得重大胜利，又要移兵去攻齐，陈轸受齐王派遣去见昭阳，首先祝贺他的胜利。

紧接着进入正文，即陈轸的说辞。说辞也单刀直入，直触要害，无须辞费，就将道理讲得深透明白。覆军杀将的功劳，已经能获得上柱国官职，上执圭爵级，比这再贵的官职，只有令尹了。但楚王不会设两个令尹，即使昭阳再去攻齐，另立新功，也不能再升官了，所以昭阳的举动，完全是多余的。还不止此，得胜而不知收手，一味打下去，战场是无情的，随时都可能牺牲，那就什么都没有了。从昭阳的切身利害来说，移兵攻齐，只有大害而无一益，所以陈轸的说辞很能打动昭阳，解兵而去。策文极善于针对昭阳的具体情况，分析形势，指陈利害，抓住关键，故有极好的说服力。陈轸的说辞突出的一点就是，指出移兵攻齐无一利而可能有大害，完全是多余之举。

策文的后半，则是一则寓言故事。这个寓言要说明的中心意思，就是做多余的事，无益而有害。有一杯酒，大家约定，画蛇先成者饮。一人先画完了，举起杯刚要饮，却骄矜地说，我还能给蛇添上脚。蛇足还没有添完，另一个人画完了，把酒喝了。蛇本没有脚，添足者终于失掉了酒。“画蛇添足”这个寓言，与前面所说的攻齐是多余之举，切合无间，大大增强了说辞的说服力。编造寓言故事帮助说理，是《战国策》文字的一大特点。其寓言故事，往往编造得高妙，生动引人，又喻理贴切，大大增加了《战国策》文字的趣味性和生动性，值得注意与学习。熊宪光《战国策研究与选译》统计，

《战国策》有寓言七十多则，这些寓言无论是采取历史故事、社会故事的形式，还是采用动植物拟人化的手法，都写得入情入理，曲曲动人。本篇的“画蛇添足”即其一。他如“南辕北辙”（《魏策》）、“鹬蚌相争”（《燕策》）、“惊弓之鸟”（《楚策》）、“狐假虎威”（《楚策》）等，都已是众所周知的成语，长期以来为人们引用。

描状篇

笔简境深　凄神寒骨

——讲析柳宗元《至小丘西小石潭记》

至小丘西小石潭记

从小丘西行百二十步，隔篁[①]竹，闻水声，如鸣佩环，心乐之。伐竹取道，下见小潭，水尤清冽。全石[②]以为底，近岸，卷石底以出，为坻[③]，为屿[④]，为嵁[⑤]，为岩。青树翠蔓，蒙络摇缀，参差披拂。

潭中鱼可百许头，皆若空游无所依。日光下澈，影布石上，佁然[⑥]不动，俶尔[⑦]远逝，往来翕忽[⑧]，似与游者相乐。

潭西南而望，斗折蛇行，明灭可见。其岸势犬牙差互，不可知其源。

坐潭上，四面竹树环合，寂寥无人，凄神寒骨，悄怆[⑨]幽邃，以其境过清，不可久居，乃记之而去。

同游者：吴武陵、龚古、余弟宗玄。隶而从者，崔氏二小生，曰恕己，曰奉壹。

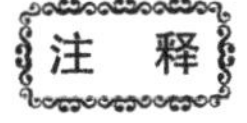

① 篁：竹林。

② 全石：整块石头。

③ 坻：水中的高地。

④ 屿：小岛。

⑤ 嵁：凹凸不平的山岩。

⑥ 怡然：愉悦安神的样子。

⑦ 俶尔：突然。

⑧ 翕忽：迅疾貌。

⑨ 悄怆：忧伤貌。

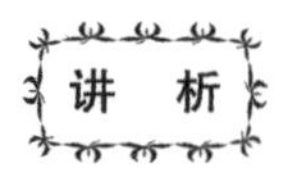

柳宗元是位富有创造性的作家，对文体有其创造推进，其山水游记也为古代散文别开生面。他的山水游记主要写于永州和柳州，其中八篇最有名，被称为“永州八记”。本篇即其中之一。

《至小丘西小石潭记》是作者于钴鉧潭西得小丘之后，又于丘西得小石潭而作，突出写一种幽僻清冷的境界。

全文可分为四层。从开篇至“参差披拂”为第一层，写小石潭之情状。柳氏的游记，是一个个景点的联翩访胜，本篇的题目即说明作者是得小丘之后，于其西再得小石潭，故从得潭起笔，貌似平淡，而有一种自然的韵味。从小丘往西走百余步，“隔篁竹，闻水声，如鸣佩环”，未见其形，先闻其声，对写潭来说，可谓传神之笔，引人入胜，耐人寻味。潭在竹林背后，展示出潭所处的幽僻环境。而隔篁传来的水声，“如鸣佩环”，即响声叮咚，这又为石潭传一虚神。石潭是全石以为底，故水声如此，如果水底是泥沙，哪里会有此种水声！难怪引起作者极大的兴趣，“心乐之”。平实的描写笔墨，隐含着丰富的内蕴，令人咀嚼不已，显示出文笔的高妙。于是“伐竹取道”。不要轻轻看过这简单的一语。潭在篁竹背后，这竹林又是何种状况？如果竹株稀疏，自可直接穿行而过，然而不然，竟需砍伐竹子开出路来，才能走过去，显示出篁竹的茂密，这也为石潭处所的幽僻，加浓了色彩，没有一点闲笔墨。穿越竹林走进去，果然奇景立现，潭就在竹林背后的一个低洼处，故用“下见”二字。潭乃石头为底。因为整块石头为底，故水“清”；因在绿荫环护之中，故水“冽”。“冽”亦寒凉之义。“清冽”二字写出此地此水的特有的风神。潭以整块石头为底，到近岸之处，石底则翻卷挺出水面，呈现出各种奇形异状：“为坻，为屿，为嵁，为岩。”不用具体描写的笔墨，都只用一字表现的物事做譬喻，文字极简洁，真切地传达出石头奇形异状密集的意象，其艺术效果绝非具体描写的笔墨所可比拟。而石潭亦非只有光秃秃的石头，而是在厚密的绿色植被之中：“青树翠蔓，蒙络摇缀，参差披拂。”青青的树木丛生，翠色蔓生的植物蒙络其上，或垂挂枝条之间，长短相间，在微风中摇漾不定。水洁、潭奇、林幽交织成一种清幽异常的境界，足以见出作者对自然风物感受的敏锐，善于选材与造境。

“潭中鱼”以下八句为第二段，特写潭中之景。由于“全石以为底”，没有水草杂生，潭中景一览无余。故“鱼可百许头”，皆若游于空中无所依附，日光照射下来，影子投布于石上。从鱼的投影写潭水之清澈透明，可谓绝笔。写鱼之态，亦传神尽相。有时它们“怡然不动”，好像停在那里，有时又似忽有所惊，则“俶尔远逝”，情景如见。言己之心情，不从游者一面说，而从鱼一面落笔，说鱼“似与游者相乐”，曲折而有味。鱼之态，人之情，交关于一语之中。

“潭西南”以下五句为第三段，写潭水之源。水从西南方向流来，水道曲曲弯弯，只用斗星曲折、蛇行蜿蜒两个比喻描写，文字简洁而穷形尽相。“明灭”指水道曲折，望过去或隐或现。“明”指显出水道，“灭”指隐身不见。写水道蜿蜒情景，入木三分。水道两岸，凸凹参差，犬牙交错，故不可尽见其源。露其端而不穷其委，给人以有余不尽之感。

“坐潭上”以下八句为第四段，写在潭上的感受。竹树环合，寂寥无人，坐清潭绿荫之中，一股孤清之气逼人，故“凄神寒骨，悄怆幽邃”。“神”指精神思想，“骨”指肉体。作者已经走到这样一个凄清阴冷的境界里。这是自然境界给人的感受，但又何尝不触动人世遭遇所给予诗人的感受！作者《渔翁》诗说：“千山鸟飞绝，万径人踪灭。孤舟蓑笠翁，独钓寒江雪。”除了江上与潭上的不同之外，二者之境界感受何其相似！这不能不使作者感到“以其境过清，不可久居，乃记之而去”。反映出作者贬谪后常被孤清心境煎熬的创伤，非常含蓄隐微地表达了作者谪居生活中的心绪。如此含蓄的笔墨，其感人的力量远胜于平铺直叙。

“同游者”以下为结尾，列举同游之人以志纪念。

林纾说柳宗元的“山水诸记，穷桂海之殊相，直前无古人，后无来者，昌黎偶记山水，亦不能与之追逐。古人避短推长，昌黎于此固让柳州出一头地矣”，对柳之游记刻画之形象，给予了充分的评价。柳宗元在《答韦中立论师道书》中自言：“参之穀梁氏以厉其气，参之孟荀以畅其支，参之庄老以肆其端，参之国语以博其趣，参之离骚以致其幽，参之太史以著其洁，此吾所以旁推交通而以为之文也。”他广泛向前人学习优点，故其文笔高妙，文字简洁而传神尽相。

清淳素描　情景毕现

——讲析张岱《西湖七月半》

西湖[①]七月半

西湖七月半，一无可看，止可看看七月半之人。看七月半之人，以五类看之。其一，楼船箫鼓[②]，峨冠盛筵[③]，灯火优傒[④]，声光相乱，名为看月而实不见月者，看之。其一，亦船亦楼，名娃[⑤]闺秀，携及童娈[⑥]，笑啼杂之，环坐露台[⑦]，左右盼望，身在月下而实不看月者，看之。其一，亦船亦声歌，名妓闲僧，浅斟[⑧]低唱，弱管轻丝[⑨]，竹肉相发[⑩]，亦在月下，亦看月，而欲人看其看月者，看之。其一，不舟不车，不衫不帻[⑪]，酒醉饭饱，呼群三五，跻[⑫]入人丛，昭庆、断桥[⑬]，嘄呼嘈杂[⑭]，装假醉，唱无腔曲[⑮]，月亦看，看月者亦看，不看月者亦看，而实无一看者，看之。其一，小船轻幌[⑯]，净几煖炉，茶铛[⑰]旋[⑱]煮，素瓷静递[⑲]，好友佳人，邀月同坐，或匿影[⑳]树下，或逃嚣里湖[㉑]，看月，而人不见其看月之态，亦不作意[㉒]看月者，看之。

杭人游湖，巳出酉归[㉓]，避月如仇。是夕好名[㉔]，逐队[㉕]争出，多犒[㉖]门军[㉗]酒钱，轿夫擎燎[㉘]，列俟[29]岸上。一入舟，速舟子急放断桥[30]，赶入胜会[31]。以故二鼓[32]以前，人声鼓吹[33]，如沸如撼[34]，如魇如呓[35]，如聋如哑。大船小船一齐凑岸[36]，一无所见，止见篙击篙，舟触舟，肩摩肩，面看面而已。少刻兴尽，官府席散，皂隶喝道去[37]。轿夫叫，船上人怖[38]以关门，灯笼火把如列星，一一簇拥而去。岸上人亦逐队赶门[39]，渐稀渐薄，顷刻散尽矣。

吾辈始舣[40]舟近岸。断桥石磴始凉，席[41]其上，呼客纵饮。此时月如镜新磨[42]，山复整妆[43]，湖复頮面[44]，向[45]之浅斟低唱者出，匿影树下者亦出，吾辈往通声气[46]，拉与同坐。韵友[47]来，名妓至，杯箸安[48]，竹肉发。月色苍凉[49]，东方将白[50]，客方散去。吾辈纵舟酣睡于十里荷花之中，香气拍人[51]，清梦甚惬[52]。

注　释

① 西湖：在今浙江杭州，为我国著名湖山名胜。

② 楼船：有叠层的高大的游船。箫鼓：吹箫击鼓，指演奏歌唱。

③ 峨冠：高帽子。峨，巍峨，高耸的样子。盛筵：丰盛的筵席。

④ 优傒：倡优和奴仆。傒，通“奚”，古指奴隶，后泛指被役使之人。

⑤ 娃：美貌的少女。

⑥ 娈：美好的。

⑦ 露台：船上的甲板。

⑧ 浅斟：慢慢饮酒。

⑨ 弱管轻丝：管，管乐器。丝，弦乐器。弱、轻，形容乐声轻柔。

⑩ 竹肉相发：伴奏的乐声与歌唱相配合。竹，管乐器，这里泛指乐器。肉，指歌者的歌唱。

⑪ 不衫不帻：谓衣装不整。帻，古代男人用来包裹头发的头巾。

⑫ 跻：登，升。这里是跻身、置身之义。

⑬ 昭庆、断桥：昭庆，指昭庆寺，与断桥都是西湖的名胜。断桥在西湖白堤东端。

⑭ 嚣呼：狂呼乱叫。嘈杂：人声喧嚣杂乱。

⑮ 唱无腔曲：歌唱没有腔调。

⑯ 愰：摇动。

⑰ 铛：小锅。

⑱ 旋：旋即，顷刻。

⑲ 素瓷：洁白的茶杯。静递：轻轻传递。

⑳ 匿影：藏身。

㉑ 逃嚣：躲开喧嚣。里湖：西湖的一部分，以苏堤、白堤为界。

㉒ 作意：故意。

㉓ 巳出酉归：古人将一天分为十二时辰以计时。巳、酉都是十二时辰中的名目。每时辰两小时，巳是上午九时至十一时，酉是下午五时到七时。酉时正是太阳西落明月东升之时，这时游湖者已归，与月不照面，所以下句说“避月如仇”，说明杭人游湖本无意于赏月。

㉔ 好名：爱好虚名。

㉕ 逐队：一伙接着一伙，随众而行。

㉖ 犒：赏赐。

㉗ 门军：守护城门的军士。

㉘ 擎：举着。燎：照明的火把。

㉙ 列俟：排列等候。

㉚ 速舟子：催促船夫。急放：快速驶往。断桥：在西湖白堤东端，孤山之侧，“断桥残雪”为西湖十景之一。

㉛ 胜会：犹盛会，盛大的集会。

㉜ 二鼓：即二更。旧时将一夜分为五更，每更约两小时，每更击鼓一次，几更击几下。称更称鼓义同。

㉝ 鼓吹：击鼓吹奏，指乐声。

㉞ 如沸如撼：沸，水开翻花的声音。撼，剧烈震荡的声音。

㉟ 如魇如呓：魇，噩梦中惊骇。呓，说梦话。

㊱ 凑岸：聚集在岸边。凑，聚拢在一起。

㊲ 皂隶：官府里执行贱役的吏人。喝道：古代官员出行，有前导的吏役，高声吆喝，使行人听到让路。去：离开。

㊳ 怖：恐吓。

㊴ 赶门：赶在城门关闭前进去。

㊵ 舣：停船靠岸。

㊶ 席：一种坐具，用草编织而成。古代没有凳椅之类坐具，以席为垫，这里用作动词，摆席位之义。

㊷ 如镜新磨：指月色光亮。古代都是铜镜，用铜制作而磨光。

㊸ 山复整妆：意谓在明亮的月光照耀下，面貌一新。

㊹ 頮面：洗脸。

㊺ 向：刚才，前时。

㊻ 往通声气：与之问候、交游。

㊼ 韵友：情趣相投的朋友。

㊽ 杯箸安：酒杯筷子摆放好。箸，筷子。安，放置。

㊾ 苍凉：凄清，这里是形容月色由浓转淡。

㊿ 将白：将要放亮。

(51) 拍人：言香气袭人。拍，拍抚。

(52) 惬：适意。

讲　析

本篇题名《西湖七月半》，是关于西湖七月半集会活动的一篇纪实短文。“七月半”即农历的七月十五日。这一天道教为祭祖节日，亦称“鬼节”，道士们有“普渡”祭仪，超脱鬼魂。佛教为“盂兰盆会”日。“盂兰盆”是梵语的音译，意为“救倒悬”，即解救苦厄。“盆”指放物在盆里，供养僧人，以求解脱饥饿倒悬之苦，俗称“放焰口”。沿袭推衍，这一天渐渐带上了节日的气息。《荆楚岁时记》载：“七月十五日，僧尼道俗，悉营盆供诸寺院。”所谓“僧尼道俗”，即和尚、尼姑、道士、老百姓，可以说包括了各种人。“西湖七月半”，即指七月半在杭州西湖所形成的风俗。人们在这一夜要出来赏月，形成一种盛大的集会场面。张岱的这篇文章就是写杭人在这一天争着出游西湖的情景。

全文篇幅不长，对西湖七月半的情景却刻画得淋漓尽致。七月半出游西湖，本来是在望月，可是“杭人游湖，巳出酉归，避月如仇”。巳时出来，正是太阳高照的大白天。酉时归去，正是太阳落山明月将升的时候。大白天出来，月亮将出时已经回去了，与月根本不照面，真个是“避月如仇”了。那为什么还要争着出来呢，文章说“是夕好名，逐队争出”，只是“好名”而已。西湖七月半盛集，不出来参与一下，岂非憾事！这似乎已成为一种不可或缺的仪式。

作者把出游的人分为五种描写，每种都传神尽相，形象鲜明，神态如画。第一种：乘着楼船，戴着高帽，摆着丰盛的筵席，有明亮的灯火，有优伶，有仆人。此情此景，说明什么？他们出来参加西湖胜会，哪里是要看月，不过是想显示一下自家的豪华阔气而已，心思根本不在月上。他们是“名为看月而实不见月者”。第二种：也是高大的楼船，漂亮的闺秀，美貌的娈童，围坐在船头，只是“左右盼望”。所谓“左右盼望”，就是左顾右盼，也就是只是反复瞧看身边的人，“名娃”盯着“娈童”，“娈童”盯着“名娃”，相互瞧看，心里又哪里有月？故他们是“身在月下而实不看月者”。第三种：船上坐着著名的歌伶，悠闲的僧人，他们慢慢地饮酒，低声地歌唱，还有轻柔的音乐伴奏，歌声乐声相互生发。他们也看月，但更期望人们看他们这种看月的情形。他们是“亦在月下，亦看月，而欲人看其看月者”。第四种：既无船搭，也无车乘，衣冠不整，酒醉饭饱，吆喝上几个同伴，闯进人群中来，一路狂呼乱叫，装作醉人，哼歌也不成曲调，他们是“月亦看，看月者亦看，不看月者亦看，而实无一看者”。

这四种就是“已出酉归，避月如仇”的一些人，为“好名”而“逐队争出”。都很讲究排场，多赏门军酒钱，轿夫高举火把，夹列岸上，迎候主人。主人一上船，就令船夫赶快开往断桥，加入盛会。所以人声鼎沸，大小船只齐聚岸边。少时，官府席散，轿夫催人上船，岸上人也争着在城门关闭之前回城，顷刻散尽。这时月亮还没出来，但参与七月半的活动，业已完成，也就完事大吉。杭人参加七月半活动的情景，如浮雕一般活现在纸上。

第五种：与前四种迥异，是和作者同类的雅人，形景大不相同，如群山中的奇峰陡现，摇人眼目。他们入此胜集，乘着轻摇的小船，干净的几案，温暖的火炉，洁白的茶碗，传饮着刚刚沏好的新茶，好友佳人，对月同坐，或者藏身树下，或者躲避喧闹逃进里湖，他们是“看月，而人不见其看月之态，亦不作意看月者”。所谓“作意”，就是有意看月做给人看。待到前四种人散尽，作者一群人才将船驶回岸边，布席在断桥石磴上，招呼客人开怀畅饮。这时月光皎洁，山容一新，湖水也像重新洗过。而方才浅斟低唱的，藏身树下的，也都出来。于是和他们同坐，有情趣相同的友人，有著名歌伎，有筵席，有歌声，有乐声，直到月色渐淡，东方发白，客人方才散去。作者一群人乃酣睡于十里荷塘之中，任花香袭人，清梦惬心。写尽雅人的光景和情致。

文字不多，而穷形尽相，是本文的突出特点。

此外，全文主旨鲜明。开篇即有清楚的交代："西湖七月半，一无可看，止可看看七月半之人。"西湖七月半这种盛大的集会，最值得看一看的，是"看七月半之人"。西湖是我国著名的游览胜地，山水秀丽，风光优美，作者全不着眼，只写值得一看的"看七月半之人"，选取的叙写角度很奇特，大大增强了文章的吸引力，甚见为文选材的功力。

文章的中心内容是写"看七月半之人"，作者将"看七月半之人"分为五种，每一种人之后，均用"看之"二字作结。人有五种，文章就用了五个"看之"。北宋欧阳修写《醉翁亭记》，每节用"也"字结句，如"环滁皆山也。其西南诸峰，林壑尤美，望之蔚然而深秀者，琅琊也。山行六七里，渐闻水声潺潺而泻出于两峰之间者，酿泉也。峰回路转，有亭翼然临于泉上者，醉翁亭也"。全篇共用了二十一个"也"字。"也"是语气词，表示肯定的语气。"看之"，则是动宾结构的实词。每节以此二字作结，也是文章的一种创格。

本篇的文字耐人寻味。描写的语言极其朴素平实，但绝不平淡。所用词语，并不生僻，却新颖喜人，这是很高的文笔境界。作者的《湖心亭看雪》，写大雪三天之后，湖中无比空旷，人鸟声俱绝，作者描状其情景曰："惟长堤一痕，湖心亭一点，与余舟一芥，舟中人两三粒而已。"言"长堤"是"一痕"，言湖心亭是"一点"，言自己所乘之船是“一芥”，言舟中几个人是“两三粒”，用语皆极平常，却无不新颖引人。张氏本篇的语言也充分表现了这样的特色。言传递刚刚煮好的新茶，曰“茶铛旋煮，素瓷静递”；言乐声柔和，曰“弱管轻丝”；言山色一新，湖水鲜亮，曰“山复整妆，湖复颒面”；写大小船只齐聚岸边，曰“止见篙击篙，舟触舟，肩摩肩，面看面”。字皆平常之字，但用得高妙，无不新奇动人。

本篇篇末附有纯生氏评语曰：“如游七十二峰，神奇诡异，一峰一叫绝。”读此文的感受，确实使人感到有如奇峰迎面扑来，一峰接着一峰逞奇斗秀。

匠心巧撰 笔简境真

——讲析姚鼐《登泰山记》

登泰山[①]记

泰山之阳[②]，汶水[③]西流；其阴[④]，济水[⑤]东流。阳谷[⑥]皆入汶，阴谷皆入济；当其南北分者，古长城[⑦]也。最高日观峰[⑧]，在长城南十五里。余以乾隆[⑨]三十九年十二月，自京师乘风雪，历齐河[⑩]、长清[⑪]，穿泰山西北谷，越长城之限，至于泰安[⑫]。是月丁未[⑬]，与知府朱孝纯[⑭]子颍由南麓登。四十五里，道皆砌石为磴，其级七千有余。泰山正南面有三谷，中谷绕泰安城下，郦道元[⑮]所谓环水也。余始循以入，道少半，越中岭，复循西谷，遂至其巅。古时登山，循东谷入，道有天门。东谷者，古谓之天门溪水，余所不至也。今所经中岭，及[⑯]山巅崖限[⑰]当道者，世皆谓之天门云。道中迷雾，冰滑，磴几不可登。及既上，苍山负雪[⑱]，明烛[⑲]天南；望晚日照城郭，汶水、徂徕[⑳]如画，而半山居雾[㉑]若带然。

戊申晦五鼓[㉒]，与子颍坐日观亭待日出。大风扬积雪击面。亭东自足下皆云漫。稍[㉓]见云中白若樗蒲[24]数十立者，山也。极天，云一线异色，须臾成五采，日上正赤[25]如丹[26]，下有红光动摇承之。或曰：此东海也。回视日观以西峰，或得日，或否，绛皓驳色[27]，而皆若偻[28]。亭西有岱祠[29]，又有碧霞元君祠[30]，皇帝行宫[31]在碧霞元君祠东。

是日观道中石刻，自唐显庆[32]以来，其远古刻[33]尽漫失[34]。僻不当道者[35]，皆不及往。山多石少土，石苍黑色，多平方，少圜[36]。少杂树，多松，生石罅[37]，皆平顶[38]。冰雪无瀑水，无鸟兽音迹。至日观，数里内无树，而雪与人膝齐。

桐城姚鼐记。

注　释

① 泰山：山名，在山东泰安，为中国“五岳”之东岳。

② 阳：山的南面称阳。

③ 汶水：古河流名，即今大汶河，源出莱芜北，南、西流，经泰山所在的泰安。

④ 阴：山的北面称阴。

⑤ 济水：古河流名，发源于河南济源，东流横穿山东入海。

⑥ 谷：山谷，此指谷中之水。

⑦ 古长城：春秋战国时，各国都在边地险要之处修建长城，加强防御，此指齐国长城遗址。此长城横亘于汶水与济水之间，故云“当其南北分者”。南为汶水，北为济水。

⑧ 日观峰：《水经注·汶水》注引应劭《汉官仪》云：“泰山东南山顶，名曰日观。日观者，鸡一鸣时见日，始欲出，长三丈许，故以名焉。”日观峰日出为泰山一大胜景。

⑨ 乾隆：清高宗弘历年号，乾隆三十九年即公元1774年。

⑩ 齐河：县名，属山东德州。

⑪ 长清：县名，属山东济南。

⑫ 泰安：今山东泰安。

⑬ 丁未：天干地支相配纪日，此丁未为该月的二十八日。

⑭ 朱孝纯：人名，字子颍，号海愚，山东历城人，时任泰安府知府。

⑮ 郦道元：人名，字善长，范阳涿人，著有《水经注》，不只言水道流向曲折，道里远近，而且详载水流所经两岸山水风貌、地方风俗、历史掌故、神话传说等，其描写山水，写貌传境，笔墨高妙。该书“汶水”条说：“又合环水，水出泰山南溪。”

⑯ 及：到达。

⑰ 崖限：相对山崖如门限者。

⑱ 苍山：青山。苍，青色。负雪：被雪覆盖。负，背负。

⑲ 烛：照。

⑳ 徂徕：山名，在山东泰安东南。

㉑ 居雾：指停在半山腰的云雾。

㉒ 戊申：天干地支相配纪日，此为乾隆三十九年十二月二十九日。晦：旧历每月的最后一天称晦。五鼓：中国传统计时把一夜分为甲、乙、丙、丁、戊五个时段，称为“五更”或“五鼓”，也单指第五更，即天将亮时。

㉓ 稍：渐渐。

㉔ 樗蒱：六朝时的一种博戏，类似后来的骰子，共五枚，上黑下白。“白若樗蒱”谓像白色樗蒱子。

㉕ 正赤：正红色。

㉖ 丹：丹砂，可制红色颜料。此即指红色。

㉗“绛皓”句：绛，深红色。皓，白色。驳，驳杂。驳色，杂色。此指红、白间杂，得日者红，不得日者白。

㉘ 偻：脊背弯曲，驼背。

㉙ 岱祠：祭祀东岳大帝的庙宇。泰山一名岱宗，古人以为诸山所宗，故名。

㉚ 碧霞元君祠：碧霞元君，道教尊奉的神。传说是东岳大帝的女儿，宋真宗东封泰山时，封为天仙玉女碧霞元君，命有司建祠奉祀。

㉛ 皇帝行宫：为皇帝出行在外驻扎建造的宫殿称行宫。此指清乾隆帝封泰山时所建的宫室。

㉜ 显庆：唐高宗李治的年号。

㉝ 其远古刻：指唐高宗以前的石刻。

㉞ 漫失：字迹漫漶不存。

㉟ 僻不当路者：指刻石不在此登山路上。僻，偏僻。

㊱ 圜：通“圆”。

㊲ 石罅：石头缝隙。

㊳ 平顶：指松顶如伞盖。

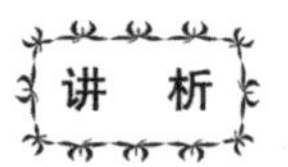

本篇是作者记叙登泰山的经历。文中明确地说：“余以乾隆三十九年十二月，自京师乘风雪，历齐河、长清，穿泰山西北谷，越长城之限，至于泰安。”从京师冒风雪前往泰安，就是想登泰山。如果文章从这里开端，顺理成章，毫无龃龉，但这样开篇未免平铺直叙，起得平淡，显得无神乏气少力，故作者不以此开始，而采取另一种架构，从泰山的方位形势落笔。泰山的南面，汶水西流；泰山的北面，济水东流。而当其南北之分的，则是齐国的古长城遗址。泰山的最高峰日观峰，就在古长城之南十余里处。这几笔推出的画面，大气磅礴，雄浑劲健，摇人眼目。文章便起得有势有气有神了。这是作者的匠心巧构，大为文章增色。

此下的部分，大体是两方面内容。一是叙说作者从京师赴泰安，与泰安知府朱子颍一起登泰山的经历，一是写与朱子颍坐日观亭，观看日出的情景，兼及登山途中所见。无论是交代历程，还是描写景物，姚氏文笔都表现出一种明显的特点，不强调，不夸张，不渲染，极平实，极朴实，但笔墨却简洁而有味，耐人咀嚼。这是一种很高的文笔境界。如文中云“四十五里，道皆砌石为磴，其级七千有余”，此中并没有什么奇特的文字，但如果使用一般的语句讲“山路长四十五里，均为石级，共七千余阶”，两相比照，味道便大不一样，此中颇有遣词造句的奥妙。又如文中说：“古时登山，循东谷入，道有天门。东谷者，古谓之天门溪水，余所不至也。”泰山东谷是作者此行未到之处，既然是记登泰山经历，未历之处自当不记，理所当然。作者却偏偏有此一笔。文章便顿挫有致，奇崛不平，不落平淡之局。又如言观路中刻石：“是日观道中石刻，自唐显庆以来，其远古刻尽漫失。僻不当道者，皆不及往。”说白了，这几句只是讲道中石刻只有唐高宗显庆以来的还存字迹，再远的就都模糊不清了。但作者这样的造语，便显得刚劲而不庸弱。至于“僻不当道者，皆不及往”，则与前文“东谷者，古谓之天门溪水，余所不至也”，有异曲同工之妙。

姚鼐为文追求“雄骏高古”，“词雅而气畅，语简而事尽”，上面的文字足见此种特色。至于本篇文字的“简质”“洁净”，真个是“惜墨如金”（《与陈硕士》）。王达敏先生评姚氏这篇文章“句式短得不能再短，字、词省到不能再省”，深得其实。本篇文字给人的感觉有如刚骨峻立，而不见肌肉。杜甫《旅夜书怀》诗曰“细草微风岸，危樯独夜舟”，十个字意象密集，无一虚词，用字组句，坚卓有骨。姚鼐此文并非不用虚词，却因简雅而挺拔有力。如写登山途中所见曰：“山多石少土，石苍黑色，多平方，少圜。少杂树，多松，生石罅，皆平顶。冰雪无瀑水，无鸟兽音迹。”语洁句促，字字着实，形象联翩而出，密集丛列，读之使人有入壁立群峰之感。

至其描写泰山日出之景，同样简笔硬折传神。“戊申晦五鼓，与子颍坐日观亭待日出。大风扬积雪击面。亭东自足下皆云漫。稍见云中白若樗蒱数十立者，山也。极天，云一线异色，须臾成五采，日上正赤如丹，下有红光动摇承之。或曰：此东海也。回视日观以西峰，或得日，或否，绛皓驳色，而皆若偻。”写其情景一是风吹积雪扑面，一是脚下云雾弥漫，一是群山在雾中耸立有如棋子。写日出，极有层次，首先是天边之云有一条开始变色，一会儿变成五彩，接着日出赤红如丹砂，而下面一片红光。日出之过程，依次形象地展现在读者面前。再看西面的山峰，不得日的，白雪覆盖，一片洁白；得日的，红光笼罩，一片绛色。而其形状皆若“偻”。这个“偻”字下得很有分量，其意并非说所有山峰皆弯如驼背之人，而是说远望之中，群山皆俯伏在那里。是从遥望的观感上，描状其形，真切传神，此等处见出作者用字斟酌拣选之功。

姚氏此文，不随人脚踵，无烂熟之气，而有其独创的文笔风格，为文囿别添一花。

叙事篇

简朴叙写　曲曲动人

——讲析《左传·秦晋殽之战》

左传·秦晋殽之战

冬[1]，晋文公[2]卒。庚辰[3]，将殡于曲沃[4]。出绛[5]，柩[6]有声如牛。卜偃[7]使大夫拜，曰："君命大事，将有西师过轶我[8]。击之，必大捷焉。"杞子[9]自郑使告于秦曰："郑人使我掌其北门之管[10]，若潜师[11]以来，国可得也。"穆公访诸[12]蹇叔。蹇叔曰："劳师以袭远，非所闻也。师劳力竭，远主备之，无乃不可乎？师之所为，郑必知之；勤而无所[13]，必有悖心[14]。且行千里，其谁不知！"公辞焉[15]。召孟明、西乞、白乙[16]，使出师于东门之外。蹇叔哭之曰："孟子[17]，吾见师之出，而不见其入也！"公使谓之[18]曰："尔何知？中寿，尔墓之木拱矣[19]。"

蹇叔之子与师[20]，哭而送之，曰："晋人御师[21]必于殽[22]。殽有二陵[23]焉，其南陵，夏后皋[24]之墓也；其北陵，文王[25]之所辟[26]风雨也。必死是间。余收尔骨焉！"

秦师遂东。

三十三年，春，秦师过周北门[27]。左右免胄而下[28]，超乘[29]者三百乘。王孙满[30]尚幼，观之，言于王曰："秦师轻而无礼[31]，必败。轻则寡谋[32]，无礼则脱[33]。入险而脱，又不能谋，能无败乎？"

及滑。郑商人弦高将市于周[34]，遇之。以乘韦先[35]，牛十二[36]，犒师[37]。曰："寡君闻吾子将步师[38]出于敝邑，敢犒从者[39]。不腆[40]敝邑，为从者之淹[41]，居则具一日之积[42]，行[43]则备一夕之卫。"且使遽[44]告于郑。

郑穆公使视客馆[45]，则束载、厉兵、秣马[46]矣。使皇武子辞焉[47]。曰："吾子淹久于敝邑，惟是脯资饩牵[48]竭矣。为吾子之将行也，郑之有原圃[49]，犹秦之有具囿[50]也；吾子取其麋鹿[51]，以闲敝邑，若何？"杞子奔齐，逢孙、扬孙奔宋。孟明曰："郑有备矣，不可冀[52]也。攻之不克，围之不继[53]，吾其还也。"灭滑而还。

晋原轸[54]曰："秦违蹇叔，而以贪勤民[55]，天奉我也。奉不可失，敌不可纵。纵敌患生，违天不祥，必伐秦师！"栾枝[56]曰："未报秦施[57]，而伐其师，其为死君[58]乎？"先轸[59]曰："秦不哀吾丧[60]，而伐吾同姓[61]；秦则无礼，何施之为！吾闻之：'一日纵敌，数世之患也。'谋及子孙，可谓死君乎？"遂发命[62]，遽兴姜戎[63]。子墨衰绖[64]。梁弘御戎[65]，莱驹为右[66]。

夏四月辛巳，败秦师于殽。获百里孟明视、西乞术、白乙丙以归。遂墨以葬文公，晋于是始墨。

文嬴请三帅[67]，曰："彼实构吾二君[68]，寡君若得而食之，不厌；君何辱讨焉！使归就戮于秦，以逞[69]寡君之志，若何？"公许之。

先轸朝，问秦囚。公曰："夫人请之，吾舍[70]之矣！"先轸怒曰："武夫力而拘诸原[71]，妇人暂而免诸国，堕军实而长寇仇[72]，亡无日矣！"不顾而唾[73]。

公使阳处父追之。及诸河[74]，则在舟中矣。释左骖[75]，以公命赠孟明。孟明稽首[76]曰："君之惠，不以累臣衅鼓[77]，使归就戮于秦；寡君之以为戮，死且不朽！若从君惠而免之，三年，将拜君赐！"

秦伯素服郊次[78]，乡师[79]而哭曰："孤违蹇叔，以辱二三子，孤之罪也。"不替[80]孟明。"孤之过也，大夫何罪！且吾不以一眚[81]掩大德！"

注　释

① 冬：指鲁僖公三十二年（前628）冬。

② 晋文公：名重耳，晋献公之子。晋献公听信宠妃骊姬的谗言，杀死太子申生，重耳惧怕遭害，流亡国外，长达十九年。晋献公死后，鲁僖公二十四年，他当时在秦国，为秦君的女婿，靠秦国的武力回晋国即位。掌国期间，能够任贤使能，使晋国国势强盛起来，成为"春秋五霸"之一。

③ 庚辰：是用天干、地支相配纪日的名称。即甲乙丙丁戊己庚辛十个

天干与子丑寅卯辰巳午未申酉戌亥十二个地支相配，共有六十个称呼，庚辰为其中之一。

④ 殡于曲沃：将棺木埋进墓穴叫“殡”，俗称出殡。曲沃，地名，今山西闻喜东北，是晋君祖坟所在地，晋君立为别都。

⑤ 绛：地名。是当时晋国的国都，故城在今山西翼城东南。

⑥ 柩：棺木。

⑦ 卜偃：晋国的卜官，名偃。

⑧ 师：军队。西师指秦军，秦在晋之西。过轶我：穿越晋国国土。轶，超越。

⑨ 杞子：秦国大夫。此前一年，晋文公、秦穆公率军包围郑国，郑国大夫佚之狐举荐烛之武说服了秦穆公撤军。但秦与郑盟，由秦国的杞子、逢孙、扬孙在郑国驻军。故杞子在郑国。

⑩ 管：钥匙。

⑪ 潜师：派军队来偷袭。

⑫ 访诸：访之于。诸，“之于”的合音。

⑬ 无所：指无所得，没有收获。

⑭ 悖心：怨恼之心。

⑮ 公辞焉：秦穆公拒不听取。

⑯ 孟明、西乞、白乙：即后文所言的百里孟明、西乞术、白乙丙，秦国的三个统军大夫。

⑰ 孟子：即指百里孟明。子，尊称。

⑱ 使谓之：派个人对他说。

⑲“中寿”二句：中寿，中等寿禄。木，指坟墓的树木。拱，两手合抱，此指树的粗细。这是斥骂蹇叔的话，意谓中等寿禄，你坟上的树木已经合拱那么粗了，等于说“你这老不死的”。

⑳ 与师：参加在军中。师，军队。

㉑ 御师：对抗来军。

㉒ 殽：山名，在今河南洛宁北。两山相对，中间为深峻的涧谷，山路狭窄，是险要的通道。

㉓ 二陵：指殽南北相对的两座山。陵，大的山阜。

㉔ 夏后皋：夏代的君主，夏桀王的祖父。后，君主。

㉕ 文王：姓姬，名昌。卒后谥为文。为建立西周的周武王之父。

㉖ 辟：同“避”。

㉗ 周北门：东周王都洛邑的北门。

㉘“左右”句：左右，古代一乘兵车上有三人，中间为御者，两边为战士。左右即指此。胄，是兵士戴的头盔。免胄而下，指摘下头盔，下车步行，表示尊敬的礼节。

㉙ 超乘：跳跃上车，喻勇武，这里是一种轻狂无礼的表现。

㉚ 王孙满：周王的后代，名满。

㉛ 轻而无礼：轻，轻佻，不严肃谨慎。无礼，无礼法，军队无礼法则无整肃军队的纪律。

㉜ 轻则寡谋：指不慎重对待，则没有周密对应的策谋。

㉝ 脱：缺乏约束。

㉞ 将市于周：将到周都洛邑做买卖。

㉟ 乘韦：四张皮革。古代一乘兵车驾四马，故以乘指称四。先：先行敬意。古人送礼的程序，先送一点小礼示意，然后再送上厚礼。

㊱ 牛十二：即指玄高随后送上的重礼。

㊲ 犒师：用食物慰劳军队。

㊳ 步师：行军。

㊴ 敢犒从者：敢，谦虚语，犹如说大胆、冒昧。从者，亦谦虚语，不直说其人，而说其属下，表示尊敬。

㊵ 腆：富厚。

㊶ 淹：停留，驻扎在此。

㊷ 具：备办。一日之积：每天的生活必需品。

㊸ 行：指开拔离开。

㊹ 遽：驿车，每过一个驿站换一次马，保持高速传递。

㊺ 客馆：指秦国驻军营地。

㊻束载、厉兵、秣马：写备战情况。束载，备好行装。厉兵，磨快兵器。厉，同“砺”，磨刀。秣马，喂饱马匹。

㊼ 使皇武子辞焉：派皇武子去说。皇武子，郑国大夫。辞，言语，这里用如动词。

㊽ 脯资饩牵：均指食品。脯，干肉。资，通“粢”，粮食。饩，已经宰杀的牲畜。牵，活的牲畜。

㊾ 原圃：郑国的猎苑名，可以从中猎取兽类，在今河南省郑州中牟西北。

㊿ 具囿：秦国的猎苑名，在今陕西宝鸡凤翔境内。

51 取其麋鹿：指从自己国家的猎苑里猎取野兽。麋，小鹿。

52 不可冀：没有希望战胜。冀，希望。

53 围之不继：指包围之后，没有援军和补给。

54 原轸：晋大夫。此下进入晋国大夫争论是否在殽山邀击秦军的问题，原轸是主战派。

55 以贪勤民：贪图扩大地盘，而使民众勤苦。

56 栾枝：晋大夫，是反战派。

57 未报秦施：还没有报答秦国的恩惠，指晋文公是秦国用兵力护送返国继位的。

58 死君：意谓忘掉了晋文公。

59 先轸：即原轸，因其封邑在原，故又称原轸。

60 不哀吾丧：指毫不考虑我们还在丧事之中。

61 伐吾同姓：指伐郑。郑与晋均为姬姓国家。

62 发命：下令。

63 遽兴：急遽征发。姜戎：处于秦、晋之间的一个种族。

⑭ 子墨衰绖：子，指晋文公之子晋襄公，因为晋文公还没有下葬，所以不称公而称子。墨，黑色。衰，白色孝服。墨衰，指将孝服染为黑色。穿白色孝服出战不吉。绖，丧服所用的麻腰带。

⑮ 梁弘：晋大夫。御戎：驾驭兵车。

⑯ 莱驹：晋大夫。为右：做车右武士。

⑰ 文嬴请三帅：文嬴，晋文公夫人，是秦穆公的女儿，嬴姓，故称文嬴。请三帅，是指向儿子晋襄公请求释放俘获的秦军三位将领。

⑱ 构吾二君：使我们两国君主不和。构，挑拨。指引起战争。这是想将战争祸首推给三帅，为二君开脱，解怨。

⑲ 逞：满足。

⑳ 舍：舍弃，指放走。

㉑ 原：原野，指战场。

㉒"堕军实"句：丧失战争果实而增加敌人力量。军实，指军械、粮饷及作战所获。

㉓ 唾：吐口水，表示极度不屑。

㉔ 及诸河：追到河边。及，到达。诸，"之于"的合音。河，黄河。

㉕ 释左骖：解下左边的骖马。古代四马驾车，两辕马居中，称服马，两旁拉套的马称骖马。送上骖马是表示要送礼，阳处父想以此让孟明等上岸答谢。

㉖ 稽首：古代的一种跪拜礼，叩头着地。

㉗"不以"句：不杀之义。累臣，罪臣。累，拘系，捆绑。衅鼓，以人血涂鼓。

㉘ 素服郊次：穿着白色衣服到郊外迎接。因战败故穿素服。次，停驻。

㉙ 乡师：面向军队。乡，通"向"，面向。

㉚ 替：撤换，降罚。

㉛ 眚：过失，毛病。

讲 析

《左传》是编年史，按年系事，没有篇章可言。人们往往截取一些片段，为了方便指称，便给它拟个篇名，只是引用者所拟，并非原文所有。本篇也是如此。它是鲁僖公三十二年至三十三年的一段记事。中心内容是写秦穆公贪得无厌，借在郑国驻军的方便，兴师动众，远袭郑国。不料郑国获知情报，加强了戒备。秦国只好改变了原来的打算，在途中灭了滑国，便还师归国。但在经过殽山时，却遭到晋军的截击，吃了一个大败仗。

《左传》记事，文约意丰，条理清晰，细节丰富，生动引人，历来受到人们的称赞。唐人刘知几说："左氏为书，叙事之最。自晋已降，景慕者多。"皮锡瑞说："《左氏》叙事之工，文采之富，即以史论，亦当在司马迁、班固之上……独有千古。"它虽非独立篇章之文，但其记事笔墨极富创造性，是古代文学遗产中的珍宝，值得认真学习和继承。《秦晋殽之战》这一节，很能反映《左传》记事的特点和造诣，是不可不读的一段好文字。

第一，记事首尾完整，脉络清晰，杂而不乱。发生在殽山的这场战事，并非单纯由秦、晋两国的矛盾引起。它的发端在秦军远袭郑国，因此才有回军途中遭遇晋军伏击的事情。这样便不免掺杂进秦、郑的矛盾，使记事涉及秦、晋、郑三个国家，还有一个滑国夹杂其中。牵涉的国家既多，在有关国家中，又都曾引发过一些纠葛。在秦国，有蹇叔激烈反对兴师袭郑的举动；在晋国，有原轸与栾枝关于是否截击秦军的激烈争论；在滑国，有郑国商人弦高首遇秦师、机智犒师并及时向本国通风报信的一连串活动；在郑国，则有郑穆公得到弦高情报，断然处置秦国驻军之事。头绪纷繁，牵涉人物和事件众多，但作者表现了很高的驾驭纷繁材料的能力，善于结构安排，抓住主线，一路叙来，井井有条，繁不失序，眉目清楚。全文自然呈现为三个部分。第一个部分交代秦国兴师的原委，第二个部分写秦郑之间的纠葛，第三个部分写秦、晋的冲突及其结局。情事紧凑，衔接自然。从全篇的叙事顺序看，作者的笔锋由晋而起，通过晋文公出殡时显灵，指示将有西师过境，攻之必胜，很自然地将笔锋引入秦国，叙述秦国兴兵之由。接着追随秦军的行踪，一路写来，先经东周王都洛邑北门，有王孙满的评师，然后至滑。随着在滑遭遇郑国商人，笔锋很自然地转至郑国。待将郑国处置驻郑秦军的事情叙述完毕，再回笔至滑。然后随着由滑引还的秦军，将笔引到晋国是否截击秦军的争论，直至发生秦、晋殽之战与其结局。最后，跟踪被晋国释放的秦军三帅，收笔到秦。虽然情事错综，但叙事首尾一气，脉络分明。

第二，记事生动，富有故事性。作者记述这段史事，不是采取概括的笔墨，而是选择了丰富的细节，将它活生生地勾画出来，使人好像亲见当时一幕幕生动的情景。如开篇从晋文公出殡发生的异状写起。晋文公棺木中发出牛一般的吼声，卜官传达晋文公显灵的旨意是告知将有秦军过境，攻打一定获胜。这自然未必是事实，可能根据传说，但它奇异引人，激起人们强烈的好奇心。写秦国出兵袭郑，先是秦国老臣蹇叔的劝阻，劝阻不成，出师时又写他哭着送师。秦兵通过王都洛邑北门时，描写了秦兵超乘的轻狂表现，以及王孙满对此行为的评论。到了滑地，郑国商人弦高见到秦师，聪明机智，采取了一系列举措。郑穆公得到弦高的情报，立即果断地处置秦国驻军。晋国大夫关于是否邀击秦军的争论，以及处理所俘秦军三帅爆发的矛盾冲突，直到秦穆公郊迎被释的三帅等，一场戏连着一场戏，无不情景真切，历历在目，引人入胜。

第三，描写笔墨简约圆熟，传神尽相，有时仅仅几个字便能传达出鲜明真切的情景。如郑穆公得到商人弦高的报告后，派人去探察秦国在郑的驻军的情况，曰："则束载、厉兵、秣马矣。"关键的字，只有六个，包含了三种动作，准备好了行装，磨利了兵器，喂饱了马匹。秦国驻军紧张备战，跃跃欲试，准备做来袭秦军内应的情景，活现纸上。又如写秦穆公迎接败归的三帅说："秦伯素服郊次，乡师而哭曰。"因为吃了败仗，所以穿素服；因为错在自己，所以抛下国君的尊严亲至郊外迎接；因为是自己的失误造成巨大损失，所以向师痛哭。不着一语说明，只点出几个具体行动，便活画出秦穆公衷心悔祸的形象。

第四，锤炼人物分析事理的语言，既切合人物身份，又道理清晰，切理餍心。如蹇叔劝阻秦国兴师说："劳师以袭远，非所闻也。师劳力竭，远主备之，无乃不可乎？师之所为，郑必知之；勤而无所，必有悖心。且行千里，其谁不知！"简短的话语里，包括几层意思：一是兴兵远袭，军队很辛苦，弄得疲惫不堪，罢兵怎能打仗？二是被袭的远方国家必有准备，行军那么远，怎能使人不知。三是动用了军队，而无所获，军士必生怨恼之心。道理讲得深切分明。认真考虑秦国和秦军的利益，苦口婆心，絮絮相规，很能体现出老臣的爱国爱君的忠心。又如晋国先轸讲述应当邀击秦军的理由说："秦违蹇叔，而以贪勤民，天奉我也。奉不可失，敌不可纵。纵敌患生，违天不祥，必伐秦师！"秦君不听蹇叔的劝告，贪图扩大地盘，不惜劳苦军士，是上天把它送给我们。天赐的东西不可以丢弃不要，敌人不可以轻易放过。放走敌人会有后患，违背了天意不吉祥，一定要截击。简练的语句中包含分明的层次，表达出清晰透彻的道理，不冗漫，不枝梧。

第五，记述人物的语言，往往能传达出人物的声口，使人物语言富有个性色彩，表现了记述语言的高度技巧。如晋国大夫先轸，听说晋襄公答应母亲的请求，放走了所俘的秦军三帅，扼制不住心中的怒火，直接去找晋襄公，作者写其愤怒情状和话语：“‘武夫力而拘诸原，妇人暂而免诸国，堕军实而长寇仇，亡无日矣！’不顾而唾。”“亡无日矣”的激烈斥责，“不顾而唾”的愤怒情态，把先轸刚直暴烈的性格表达得淋漓尽致。又如秦穆公正在一心想要兴兵袭郑的兴头上，突然遭遇蹇叔的激烈阻拦，不禁怒火中烧，派人传语申斥蹇叔说：“尔何知？中寿，尔墓之木拱矣。”意思说，你懂什么，如果是中等寿禄的话，你坟上树已经合抱了。这等于说，你这老不死的！很切合斥骂老臣的口吻。待到出师果遭惨败，秦穆公心里懊悔，亲去郊迎败归的三帅时，则完全是另一番声气了：“孤违蹇叔，以辱二三子，孤之罪也。”“孤之过也，大夫何罪！且吾不以一眚掩大德！”又何其柔和谦抑，絮絮自责！完全符合秦穆公此时此刻的心境。所以金圣叹说：“读原轸语，读栾枝语，读破栾枝语，读文嬴语，读先轸怒语，读孟明谢阳处父语，读秦伯哭师语，逐段细细读，逐段如画。”

第六，文中记述行人辞令，尤其妙不可言。如郑穆公派皇武子去驱逐驻郑秦军时说的一席话，用今天的话翻译过来就是：“你们停留在我们这里很久了，现在粮肉已经供应光了。为了你们的将要开拔，我们郑国有一个猎苑原圃，就像贵国有一个猎苑具囿一样，你们自己去那里猎取些麋鹿，给我们一点歇息的机会，怎么样？”实际是说你们赶快滚蛋吧，我们连吃的也不供给你们了。可是表面的辞令却十分婉转有体，极尽柔中有刚之能事。又如晋襄公反悔放了秦国三帅，派阳处父去追赶。追到河边，秦帅孟明等已经上了船。阳处父灵机一动，解下自己车上的马，想以冒言国君赠马赚孟明等上岸道谢，孟明十分机警，并不上钩，他的那一番美妙答言，翻译成今天的话就是："承贵国君主的恩惠，没有将我们杀掉衅鼓，让我们得以归国就戮。如果被我们的国君处死，也不会忘记你们的大德；如果得到我们国君的宽宥，免于刑戮，那么，三年之后，我们再来拜领贵国君主的厚赐!"意思说，三年之后，我们再来跟你较量高低。这段辞令与上引一段有异曲同工之妙。

第七，隐约的记事倾向性。作者记事首先是忠于史实，并且不是对所有史实都表示作者的态度，有的只不过是客观记述史实而已。但在有些片段的记事里，作者对事件怀有鲜明的是非判断和爱憎态度，贯穿记事的始终，好像一条穿珠的丝绳，使散珠连为一体，加强了叙事的整体性，使之繁而有统，杂而不乱。这段记事就属于这种情况。全文围绕的中心思想就是秦师不义，必败，选材、叙事上都突出这一倾向。一开始就是晋文公的显灵，预兆了秦军的不祥。显灵当然是荒诞的迷信传说，但作者记录到这里，便造成一种天怨神怒的气氛。接着便是秦国蹇叔的阻师，通过蹇叔的口，把这次出师不利的形势和盘托出，给人以不败何待的深切感受。阻师之后，又继写蹇叔哭师，蹇叔哭送孟明说："孟子，吾见师之出，而不见其入也!"蹇叔的儿子也不幸被征发在内，蹇叔又哭而送之曰："晋人御师必于殽，殽有二陵焉……必死是间。余收尔骨焉!"一片凄凄惨惨的不祥兆头。继而又是在王城北门的王孙满评师："秦师轻而无礼，必败。轻则寡谋，无礼则脱。入险而脱，又不能谋，能无败乎?"进一步预示了秦军必败的本质。下面写秦军在滑遇上了郑国商人弦高。弦高的爱国行动表现了受侵略国家民众同仇敌忾、抗敌卫国的正义性，作者是站在郑国人民利益一边颂扬弦高的。在郑穆公得信果断处置秦国驻军的叙事中，字里行间也是扬郑抑秦。回笔写晋国内部是否邀击秦军的争论，也重点落在“秦则无理”上面。末尾以秦穆公悔祸收篇，同样表明了这次军事行动之不义，而作者对秦伯之终于知悔，是取赞赏态度的。这段记事倾向的表现形态，不是采取抽象发议论（《左传》不少片段是通过发议论表明作者态度的），而是寓于叙事之中，显得更富有逻辑力量和隐而不显的潜移默化作用。

融融饮宴　剑影刀光

——讲析司马迁《史记·项羽本纪·鸿门宴节》

史记·项羽本纪·鸿门宴节

行略定[①]秦地。函谷关[②]有兵守关，不得入。又闻沛公[③]已破咸阳[④]，项羽[⑤]大怒，使当阳君[⑥]等击关。项羽遂入，至于戏西[⑦]。沛公军霸上[⑧]，未得与项羽相见。沛公左司马曹无伤使人言于项羽曰："沛公欲王关中，使子婴[⑨]为相，珍宝尽有之。"项羽大怒，曰："旦日[⑩]飨[⑪]士卒，为击破沛公军!"当是时，项羽兵四十万，在新丰鸿门[⑫]，沛公兵十万，在霸上。范增[⑬]说项羽曰："沛公居山东时，贪于财货，好美姬。今入关，财物无所取，妇女无所幸，此其志不在小。吾令人望其气[⑭]，皆为龙虎，成五采，此天子气也。急击勿失[⑮]。"

楚左尹[⑯]项伯者，项羽季父[⑰]也，素善留侯张良[⑱]。张良是时从沛公，项伯乃夜驰之沛公军，私见张良，具告以事，欲呼张良与俱去，曰："毋从俱死也。"张良曰："臣为韩王送沛公，沛公今事有急，亡去[⑲]不义，不可不语。"良乃入，具告沛公。沛公大惊，曰："为之柰何?"张良曰："谁为大王为此计者?”曰:“鲰生[20]说我曰:‘距关[21],毋内[22]诸侯,秦地可尽王也。’故听之。”良曰:“料大王士卒足以当项王乎?”沛公默然,曰:“固不如也,且为之奈何?”张良曰:“请往谓项伯,言沛公不敢背项王也。”沛公曰:“君安与项伯有故?”张良曰:“秦时与臣游,项伯杀人,臣活之。今事有急,故幸来告良。”沛公曰:“孰与君少长[23]?”良曰:“长于臣。”沛公曰:“君为我呼入,吾得兄事之。”张良出,要项伯。项伯即入见沛公。沛公奉卮酒[24]为寿[25],约为婚姻[26],曰:“吾入关,秋豪不敢有所近,籍吏民[27],封府库,而待将军。所以遣将守关者,备他盗之出入与非常也。日夜望将军至,岂敢反乎!愿伯具言臣之不敢倍德[28]也。”项伯许诺。谓沛公曰:“旦日不可不蚤自来谢项王。”沛公曰:“诺。”于是项伯复夜去,至军中,具以沛公言报项王。因言曰:“沛公不先破关中,公岂敢入乎?今人有大功而击之,不义也,不如因善遇之。”项王许诺。

沛公旦日从百余骑来见项王,至鸿门,谢曰:“臣与将军戮力而攻秦,将军战河北,臣战河南,然不自意能先入关破秦,得复见将军于此。今者有小人之言,令将军与臣有郤[29]。”项王曰:“此沛公左司马曹无伤言之;不然,籍何以至此。”项王即日因留沛公与饮。项王、项伯东向坐,亚父南向坐。亚父者，范增也。沛公北向坐，张良西向侍。范增数目[30]项王，举所佩玉玦[31]以示之者三，项王默然不应。范增起，出召项庄[32]，谓曰："君王为人不忍，若入前为寿，寿毕，请以剑舞，因击沛公于坐，杀之。不者，若属皆且为所虏。"庄则入为寿。寿毕，曰："君王与沛公饮，军中无以为乐，请以剑舞。"项王曰："诺。"项庄拔剑起舞，项伯亦拔剑起舞，常以身翼蔽[33]沛公，庄不得击。于是张良至军门，见樊哙。樊哙曰："今日之事何如？"良曰："甚急。今者项庄拔剑舞，其意常在沛公也。"哙曰："此迫矣，臣请入，与之同命[34]。"哙即带剑拥盾入军门。交戟[35]之卫士欲止不内，樊哙侧其盾以撞，卫士仆地，哙遂入，披帷西向立，瞋目[36]视项王，头发上指，目眦[37]尽裂。项王按剑而跽[38]曰："客何为者？"张良曰："沛公之参乘[39]樊哙者也。"项王曰："壮士，赐之卮酒。"则与斗[40]卮酒。哙拜谢，起，立而饮之。项王曰："赐之彘肩[41]。"则与一生彘肩。樊哙覆其盾于地，加彘肩上，拔剑切而啖[42]之。项王曰："壮士，能复饮乎？"樊哙曰："臣死且不避，卮酒安足辞！夫秦王有虎狼之心，杀人如不能举[43]，刑人如不恐胜[44]，天下皆叛之。怀王与诸将约曰'先破秦入咸阳者王之'。今沛公先破秦入咸阳，豪毛不敢有所近，封闭宫室，还军霸上，以待大王来。故遣将守关者，备他盗出入与非常也。劳苦而功高如此，未有封侯之赏，而听细说[45]，欲诛有功之人，此亡秦之续耳，窃为大王不取也。”项王未有以应，曰：“坐。”樊哙从良坐。坐须臾，沛公起如厕，因招樊哙出。

沛公已出，项王使都尉陈平召沛公。沛公曰：“今者出，未辞也，为之柰何？”樊哙曰：“大行不顾细谨，大礼不辞小让。如今人方为刀俎[46]，我为鱼肉，何辞为。”于是遂去。乃令张良留谢。良问曰：“大王来何操？”曰：“我持白璧一双，欲献项王，玉斗一双，欲与亚父，会其怒，不敢献。公为我献之。”张良曰：“谨诺。”当是时，项王军在鸿门下，沛公军在霸上，相去四十里。沛公则置车骑[47]，脱身独骑，与樊哙、夏侯婴、靳强、纪信等四人持剑盾步走，从郦山下，道芷阳间行[48]。沛公谓张良曰：“从此道至吾军，不过二十里耳。度我至军中，公乃入。”沛公已去，间至军中[49]，张良入谢，曰：“沛公不胜杯杓，不能辞。谨使臣良奉白璧一双，再拜献大王足下；玉斗一双，再拜奉大将军足下。”项王曰：“沛公安在？”良曰：“闻大王有意督过之，脱身独去，已至军矣。”项王则受璧，置之坐上。亚父受玉斗，置之地，拔剑撞而破之，曰：“唉！竖子[50]不足与谋。夺项王天下者，必沛公也，吾属今为之虏矣。”沛公至军，立诛杀曹无伤。

注　释

① 略定：夺取攻克。

② 函谷关：秦置，在今河南灵宝东北。

③ 沛公：秦末刘邦起事于沛，众推为沛公。战国时，楚国称县令为公。

④ 咸阳：秦国都城。在今陕西咸阳东北。

⑤ 项羽：名籍，羽乃其字。下相（今江苏宿迁西南）人。秦末随从叔父项梁在吴（今江苏苏州）起兵，成为起义军重要的一支。

⑥ 当阳君：黥布，本姓英，因罪受黥刑，故称。秦末率刑徒起义，后归属项羽军，号当阳君。

⑦ 戏西：戏亭之西，即今陕西临潼东之鸿门。

⑧ 霸上：亦作灞上，因处于霸水西之高原上得名，在今陕西西安东。

⑨ 子婴：秦始皇之孙。赵高谋杀秦二世后，立他为秦王。刘邦军队逼近秦京咸阳，投降刘邦。

⑩ 旦日：明天。

⑪ 飨：以酒食款待、慰劳。

⑫ 鸿门：古地名，在今陕西西安临潼东。

⑬ 范增：项羽的谋士，多出要计，被项羽尊为“亚父”。

⑭ 望其气：望气是古代一种方术，方士望云气附会人事，预言吉凶。

⑮ 勿失：不要错过机会。

⑯ 左尹：楚国官名，为楚国最高官令尹之副。

⑰ 季父：族叔。古代兄弟排行次序为伯、仲、叔、季，季为最小者。

⑱ 张良：字子房，祖上五代为韩国之相。时为韩王派遣护送刘邦。“留侯”是刘邦建立汉朝后所封。《史记》这里叙事是用其后来的封号。

⑲ 亡去：偷偷逃走。

⑳ 鲰生：称浅陋无知之人。

㉑ 距关：守住函谷关。距，通“拒”。

㉒ 毋内：不要放进。内，同“纳”。

㉓“孰与”句：与你比谁大谁小？孰，谁。

㉔ 卮酒：一杯酒。卮，酒器，容量四升。

㉕ 寿：向人敬酒或以物品赠人，祝其长寿，古代交往中的一种礼节。

㉖ 约为婚姻：结为儿女亲家。

㉗ 籍吏民：登记吏民名册。籍，簿册。此用作动词。

㉘ 倍德：背弃恩惠。倍，背弃。

㉙ 郤：缝隙。引申为怨隙，嫌隙。

㉚ 数目：几次递眼神。

㉛ 玉玦：一种玉制的佩物。环形而有缺口。举此示之，是表示当有决断。

㉜ 项庄：项羽从弟。

㉝ 翼蔽：遮挡，像鸟用翅膀掩护小鸟。

㉞ 同命：拼命，同死。

㉟ 交戟：相对两排卫士持戟交叉。戟为兵器，除前有矛头还旁有横刃。

㊱ 瞋目：瞪圆眼睛，盛怒之相。

㊲ 目眦：眼眶。

㊳ 跽：古人坐姿是两膝着地，臀部放在脚跟上。臂部不着脚跟为跪，跪而耸身直腰则为跽，以表示恭敬。

㊴ 参乘：也写作“骖乘”。在车上陪乘之人。古时乘车，尊者居左，御者居中，居右者称参乘，做护卫和备咨询，也称“车右”。

㊵ 斗：古时的舀酒器，头有杯，形或如斗，后有长柄。

㊶ 彘：猪。肩：用以指称猪腿的上半部，即俗称的肘子。

㊷ 啖：吃。

㊸“杀人”句：意谓杀人唯恐杀不净。举，全。

㊹“刑人”句：对人定刑唯恐不重。

㊺ 细说：小人挑拨之言。

㊻ 刀俎：切肉的工具。俎，砧板。人为刀俎，意谓对手是宰杀者。

㊼ 置车骑：放置兵士不用。

㊽ 道芷阳：取道芷阳。间行：抄小道偷偷逃走。

㊾ 间至军中：刘邦已从小路回到军中。间，偏僻的小路。

㊿ 竖子：小子，对人含有轻蔑意思的鄙称。

讲　析

司马迁《史记》是古代史书之最。不只规模宏伟，格局圆备，文笔亦极高妙。“鸿门宴”是《项羽本纪》中的一节，足以反映其记叙史事的功力和文笔的造诣。

鸿门宴前的大致背景是：项羽跟从叔父项梁起兵反秦时，曾拥立楚怀王之孙（仍称为楚怀王），以号召天下。后来，楚怀王与手下攻秦诸将约定，谁先入关中灭秦，就由谁做关中王。当时，项羽在河北邯郸一带与秦军主力鏖战，刘邦在河南，用张良的计谋，从武关、蓝田一路攻入秦都咸阳，接受了秦王子婴的投降，并派兵把守函谷关，不许他军进入。项羽消灭了秦军主力，挥师西向，到了函谷关，却不得进入。矛盾便从这里开始。项羽力战，而刘邦巧取，这是项羽难以甘心的。

“鸿门宴”这节文字，共一千五百字左右，大体可分为四个段落。从“行略定秦地”至“急击勿失”为第一段，写项羽决心消灭刘邦。其中又包含三个层次。

从“行略定秦地”到“至于戏西”，写函谷之阻。函谷关在今河南灵宝西南，是由中原进入关中的险要关隘。项羽兵至而不得入，已是不悦之事，又听说刘邦已经攻破咸阳，接受了秦王的投降，不禁大怒，使当阳君黥布攻关，遂破关而入，进至戏西，即陕西临潼一线，逼近刘邦的军队。

从“沛公军霸上”到“为击破沛公军”，写刘邦军中的曹无伤暗通项羽。项羽大军压境，引起刘邦阵营中的分化。左司马曹无伤暗中向项羽报告：刘邦想做关中王，使秦降王子婴为相，全部占有秦国的珍宝。这消息不啻给项羽火上浇油，当即决定第二天大宴士卒，准备消灭刘军。

从“当是时”到“急击勿失”，写项羽谋臣范增之议。此时项羽拥军四十万，在新丰鸿门，刘邦军只有十万，在霸上，兵力悬殊，对项羽极为有利。故范增献谋说：刘邦在山东，既贪财，又好色，入关以后，不取财物，不近妇女，说明志向不小。而且使人望其头上云气，成龙虎形，呈五色，有天子之瑞。必须赶快把他消灭，以除后患，机不可失。这一番分析，无疑更坚定了项羽灭刘的决心。

这一大段的三个层次，一浪推激一浪，把项羽灭刘的决心推到最高潮，有箭在弦上，不得不发之势。不料，由于项伯的出现，形势却发生了戏剧性变化，进入第二段。

从“楚左尹项伯者”起至“项王许诺”为第二段，写项羽一方项伯的行动，使局势发生急遽的转折。此段也是有层次地一步步展开。从本段开端到“不可不语”，写项伯夜入刘邦军垒。项伯是项羽的族叔，时任左尹，他和留侯张良是好朋友。张良原是韩王的司徒，因刘邦曾助韩王收复一些地盘，韩王派他护送刘邦，故在刘邦军中。项伯得知项羽要消灭刘军的决定，便偷偷潜入刘营，给张良送信，劝张良赶快出走，免遭玉石俱焚之灾。但张良觉得自己是韩王派来护送刘邦的，如今刘邦有了急难，偷偷跑掉，不义，必须向刘邦知会一声。

从“良乃入”到“吾得兄事之”，写张良入告刘邦的情况。刘邦得知这一消息，大惊失措，不知如何是好。张良问刘邦是谁出谋派兵封锁函谷的？刘邦回答是识见浅陋之人告诉他，如果闭关不许其他诸侯兵进入，则可在秦地为王。张良问刘邦，估量一下自己的兵力能与项羽抗衡吗？刘邦回答当然不能。因此张良提议由他去对项伯解说，表明刘邦并不敢背叛项羽，以缓解紧张的形势。刘邦不免追问张良怎么与项伯有交。张良说，秦时项伯与自己交游，曾杀人犯法，受自己搭救而得不死。今有急难，故前来相告。刘邦问清项伯年长于张良，遂让张良把项伯叫来，由自己直接与项伯打交道，并以兄称之。

从“张良出”到“沛公曰：‘诺’”，写刘邦见项伯的情况。刘邦先是献酒为寿，接着又约为婚姻，然后表白，入关后秋毫不敢近，登记户口，封存府库，等待项羽来接收，至于派兵封锁函谷，是为了防止他兵进出，他日夜都盼望项羽的到来，并请项伯向项羽详达此意。项伯对这番花言巧语深信不疑，答应向项羽传言，并叮嘱刘邦次日一定要亲自来见项羽谢罪。刘邦自是满口应承。

从“于是项伯复夜去”到本段末“项王许诺”，写项伯为刘邦传言并说服项羽。项伯连夜回到军营，把刘邦的话报告项羽。又游说道：如果不是刘邦先破关中，我们现在怎么能入关呢？人家立有大功却加以消灭是不义的。不如因其功而加以善待。这话恰恰击中了项羽的弱点。项羽虽鲁莽豪横，却耿直重义，听了项伯的话，立即许诺。这一大段细致生动地记述了造成转机的过程。前一大段中出现的一触即发的危急形势，一夜之间烟消云散，造成文章的一个大起大落的波澜，使人们绷紧的心弦又松弛下来。

从“沛公旦日从百余骑来见项王”到“因招樊哙出”为第三段，是鸿门宴正文。通过项伯的沟通，兵戎相见的局势已经消解，鸿门宴似乎可以成为一席和平宴饮了。然而刘邦通过项伯平息了项羽的怒气，却没有解决范增问题。范增具有远见卓识，也不会轻易受骗上当，坚主消灭刘邦，这就仍然埋伏着重大的危机。不过矛盾冲突不是表现为战场上的千军万马，而是体现为宴会上的明争和暗斗。全段又可分为三节。从本段开端到“项王即日因留沛公与饮”为第一节，写项羽与刘邦的和好。刘邦次日果然按项伯所嘱轻骑简从来见项羽，精心结撰了一段十分得体的辞令。他特别强调与项羽协力攻秦，项战河北，他战河南，连他自己也没有料到可以先入关破秦。这自然很能满足项羽矜功自傲的虚荣心。然后再引到有小人挑拨，使项羽对自己产生嫌隙。这又把罪责推给小人，留下回转的余地。项羽听了，果然推诚相见，说都是左司马曹无伤的话激起的。项羽一开口就将敌方暗中修好于自己的人说了出来，真是真率到了极点。后来刘邦回营，立即将曹杀掉。项羽与刘邦谈得融洽，所以当日留刘邦在鸿门宴饮。

从“项王、项伯东向坐”到“庄不得击”为第二节，写宴席上的尖锐斗争。项羽、项伯面朝东坐，亚父范增面朝南坐，刘邦面朝北坐，张良面西侍卫。把座席方位交代得一清二楚，既为后面项庄舞剑展示具体环境，又给人以立体感。范增的态度使和好的宴席暗藏杀机，激起了杀刘、纵刘、卫刘的错综复杂的斗争。范增几次递眼色给项羽，又三次举所佩玉玦示意，促项羽下决心行动，而项羽默不响应。范增遂出席召项庄，让他以敬酒为寿、舞剑助兴为名入席，刺杀刘邦。项庄一一照办。刘邦生命危在旦夕，让人捏着一把汗。然而项伯的存在，给了他一把保护伞。危局仍有转机，让人有所宽心。项庄拔剑起舞时，项伯看出他的用意，亦拔剑起舞，时时遮护刘邦，使项庄无从下手。表面看来，刘邦身在敌营，处于被动的地位，实际通过宴前的一系列活动，已向主动方面转化。事态完全按着刘邦主导的方向发展，而范增的意志则时时受到阻遏。这一小节，在和平的宴饮中，暗藏杀机，觥筹交错中，闪烁着刀光剑影，轻松的外表下寓藏着高度紧张的气氛，扣人心弦，形成一种奇异的美学境界。

从“于是张良至军门”到本段末“因招樊哙出”为第三节，写樊哙的进入使局势再趋缓解。范增的行动使矛盾达致白热化，引起刘邦阵营的紧张活动。张良离席至军门见樊哙。樊哙听到如此紧急情况，项庄舞剑，意在沛公，便表示要与之拼命，一开口便显示出不畏牺牲的英勇气概。他立即持剑拥盾入军门，两边卫士交戟阻挡，樊哙侧其盾一路撞去，卫士皆仆倒在地，一副力大勇猛异常的形象。进入帐内，掀开帷幕，面西而立，头发上竖，双目圆睁，直视项羽，又是一副鲜明的壮士怒像。项羽大惊，按剑长跪而问来者何人？张良答说是刘邦的骖乘。英雄惺惺相惜，樊哙的非凡形象引起项羽的喜爱，呼之为“壮士”，并命赐酒。于是端来一斗酒，樊哙站着喝掉。项羽又令赐他一只生猪腿，樊哙把盾扣在地上做砧板，以剑为刀，切割而食之。樊哙豪壮的风神如见。当项羽再呼他壮士，问他能否再饮时，樊哙毅然答曰：“臣死且不避，卮酒安足辞！”无畏之气直干云霄。樊哙接着发出一通数落项羽的话。他从秦说起，因秦王有虎狼之心，杀人唯恐不尽，刑罚唯恐不重，结果天下背叛。接着举出怀王与诸将的约定，“先破秦入咸阳者王之”，以见刘邦行为并非出格。再点出刘邦先入咸阳，一切不动，回军霸上以待项羽，遣将守关，只不过为防他盗出入。如此劳苦功高，未得封侯之赏，而听小人之言，要诛锄有功之人，实为亡秦之续，毫不足取。对于一向重义的项羽，樊哙这一席责言与刘邦的话一样击中项羽的要害，项羽听后，无言以对，只得请樊哙入座，于是樊哙坐于张良之侧。刘邦看出形势的紧张，借口如厕，将樊哙召出。樊哙的责言与刘邦向项伯表白心迹之言相类，但出于不同人物之口，体现在不同的语言环境之中，便声口迥异。刘邦的话，屈抑委婉，娓娓动听，樊哙则义正词严，直语相斥，从中可见《史记》记述人物语言的巧妙，完全符合人物的身份、性情以及言谈场合。这一段最突出的是关于樊哙形象的描写，浓墨重笔，传神尽相。如果说在第二段中，扯紧的弓弦已经放松，那么这一段便又重新绷紧起来。文章忽起忽落，情事迭出不穷，动人心魄，摇人心目。

从“沛公已出”到“立诛杀曹无伤”为第四段，写鸿门宴的收场与结局。由于刘邦的中途逃席，事情分为两条线索发展，作者叙来却有条不紊，见出控御纷繁情事的能力。全段可分两节。从本段开端到“公乃人”为第一节，写刘邦逃席的过程。项羽派陈平催刘邦归席。刘邦、樊哙、张良三人商议决定，刘邦轻骑简从由小路还营，留下张良返席周旋。于是刘邦只带樊哙等四人抄小路逃归。

从“沛公已去”至本段末为第二节，写项羽、范增对刘邦逃归的不同态度。收结杀刘、纵刘的矛盾。刘邦从小路归营，不过二十里路程，张良估计刘邦已到军中，才还席。他用一套外交辞令说明刘邦已经还归军营，并向项羽和范增献上礼物。由于刘邦已不在席，矛盾主要在项羽和范增之间表现出来。项羽对刘邦的中宴逃归，不甚介意，接过礼物，置于座上；范增则将礼物投掷于地，又拔剑砍碎，恨恨地说道：“唉！竖子不足与谋。”表面上是斥项庄，不能以舞剑刺杀刘邦，实际上是指桑骂槐，影斥项羽的没有远见。他用发泄怒气的话指出事情的严重性:“夺项王天下者,必沛公也。吾属今为之虏矣。”反映出谋臣的卓识,后来历史的发展完全证实了他的预见。鸿门宴的结局,项羽失败,纵虎归山;刘邦胜利,终脱虎口,摆脱了眼前的危机,取得了积蓄力量的条件,后来终于在楚、汉之争中夺得了最后胜利。

从鸿门宴这节文字中可以看出,司马迁记叙史事的特点:第一,叙事井井有条,前后衔接紧密,又无赘语枝杈。第二,善于结构篇章,选材组织,均有匠心。使文章一张一弛,一起一伏,波翻浪涌,曲折引人,绝不平庸板滞。第三,描写笔墨高妙。其文笔不仅善于描状情景,真切如画,而且能传达出各种状态下的气氛,富有意境。如本篇,宴饮的情景,各种人物的复杂关系,历历在目,使人有身临其境之感。宴饮的和乐,中伏杀机的腾腾杀气,也无不荡人心魂。文字能传达出意境气氛,标志文笔的高义圆熟。第四,刻画人物传神尽相。如樊哙的壮猛,项羽的真率,刘邦的奸诈,无不舞动在人眼前。特别是在对比中呈现人物的个性,尤其给人留下强烈的印象。如鲰生与张良。鲰生的浅见寡识,竟然认为派兵守关就可挡住别人,毫不计及力量的对比;张良则远见高识,他的策谋是建立在冷静而科学的分析基础上。他不仅有谋,也有应变的能力,在燃眉之急中,为刘邦找出摆脱困境的出路,是一个胸有成竹、成熟沉着的谋臣形象。又如刘邦与项羽的对比。张良如实地向刘邦报告了情况,并为之划策,足可信赖了,可是刘邦仍不放心,追问他和项伯怎么相识,对自己一方的人与敌方有瓜葛,是绝不掉以轻心的。刘邦也没有让张良向项伯传言,而是亲见项伯,直接与他打交道,其思考问题细心缜密。项羽的表现则截然不同。项伯夜入敌营,既见张良,又见刘邦,事态比张良与项伯有故要严重得多,但当项伯归来向项羽传话时，项羽对他的行径竟不闻不问。两相比照，刘邦的精细多疑，项羽的粗率无心，都活现纸上。再如项伯与刘邦的对比。项伯诚朴善良，他重友谊，所以夜入敌营为故人送信。刘邦一片虚情假意和策略之言，他都信以为真。相反，刘邦则城府极深，步步矫情作伪，他对项伯表面热得像一盆火，不过是愚弄项伯做他的政治工具。他表白心迹的一席话，说得那样娓娓动听，实际没有片言只字是真。在相互映衬中展示人物的鲜明个性，是《史记》刻画人物的一大成功手法。

论 说 篇

深析宗旨　详示途径

——讲析《荀子·劝学》

荀子·劝学

君子曰：学不可以已[①]。青[②]，取之于蓝[③]，而青于蓝；冰，水为之，而寒于水。木直中绳[④]，輮[⑤]以为轮，其曲中规[⑥]；虽有槁暴[⑦]不复挺者，輮使之然也。故木受绳则直，金就砺[⑧]则利，君子博学而日参省乎己[⑨]，则知[⑩]明而行无过矣。

故不登高山，不知天之高也；不临深溪[⑪]，不知地之厚也；不闻先王之遗言，不知学问之大也。干[⑫]、越、夷、貉[⑬]之子，生而同声，长而异俗，教使之然也。《诗》曰[⑭]："嗟尔君子，无恒安息。靖共[⑮]尔位，好是正直。神之听之，介尔景福[⑯]。"神莫大于化道，福莫长于无祸。

吾尝终日而思矣，不如须臾[⑰]之所学也。吾尝跂[⑱]而望矣，不如登高之博见也。登高而招，臂非加长也，而见者远；顺风而呼，声非加疾也，而闻者彰[⑲]。假舆马者，非利足[⑳]也，而致千里；假舟楫者，非能水也，而绝[㉑]江河。君子生[㉒]非异也，善假于物也。

南方有鸟焉，名曰蒙鸠[㉓]。以羽为巢，而编之以发，系之苇苕[24]。风至苕折，卵破子死。巢非不完也，所系者然也。西方有木焉，名曰射干[25]，茎长四寸，生于高山之上，而临百仞[26]之渊。木茎非能长也，所立者然也。蓬生麻中，不扶而直；白沙在涅[27]，与之俱黑。兰槐[28]之根是为芷；其渐之滫[29]，君子不近，庶人不服[30]。其质非不美也，所渐者然也。故君子居必择乡，游必就士，所以防邪僻而近中正也。

物类之起[31]，必有所始。荣辱之来，必象其德[32]。肉腐出虫，鱼枯生蠹。怠慢忘身[33]，祸灾乃作。强[34]自取柱[35]，柔自取束[36]。邪秽在身，怨之所构。施薪若一，火就燥也；平地若一，水就湿也。草木畴生[37]，禽兽群焉，物各从其类也。是故质的张[38]而弓矢至焉，林木茂而斧斤[39]至焉，树成荫而众鸟息焉，醯[40]酸而蜹[41]聚焉。故言有召祸也，行有招辱也，君子慎其所立乎！

积土成山，风雨兴焉[42]；积水成渊，蛟龙生焉；积善成德，而神明自得，圣心备[43]焉。故不积跬步[44]，无以至千里；不积小流，无以成江海。骐骥[45]一跃，不能十步；驽马十驾[46]，功在不舍。锲[47]而舍之，朽木不折；锲而不舍，金石可镂[48]。螾[49]无爪牙之利，筋骨之强，上食埃土，下饮黄泉，用心一也。蟹八跪而二螯[50]，非蛇蟺[51]之穴无可寄托者，用心躁也。是故无冥冥[52]之志者，无昭昭之明；无惛惛[53]之事者，无赫赫之功。行衢道[54]者不至，事两君者不容。目不能两视而明，耳不能两听而聪。螣蛇[55]无足而飞，鼫鼠五技而穷[56]。《诗》曰[57]："尸鸠在桑，其子七兮。淑人君子，其仪一兮。其仪一兮，心如结兮![58]"故君子结于一也。

昔者瓠巴[59]鼓瑟而沉鱼[60]出听；伯牙[61]鼓琴而六马仰秣[62]，故声无小而不闻，行无隐而不形。玉在山而草木润，渊生珠而崖不枯。为善不积邪？安有不闻者乎！

学恶乎始？恶乎终？曰：其数[63]则始乎诵经[64]，终乎读礼[65]；其义则始乎为士，终乎为圣人。真积力久则入，学至乎没而后止也。故学数有终，若其义则不可须臾舍也。为之，人也；舍之，禽兽也。

故《书》者，政事之纪也；《诗》者，中声[66]之所止也；《礼》者，法之大分，类之纲纪也。故学至乎《礼》而止矣。夫是之谓道德之极。《礼》之敬文[67]也，《乐》之中和也，《诗》《书》之博也，《春秋》之微[68]也，在天地之间者毕矣。

君子之学也，入乎耳，箸[69]乎心，布乎四体[70]，形乎动静。端[71]而言，蠕[72]而动，一可以为法则。小人之学也，入乎耳，出乎口，口耳之间则四寸耳，曷足以美七尺之躯哉！

古之学者为己[73]，今之学者为人[74]。君子之学也，以美其身；小人之学也，以为禽犊[75]。故不问而告谓之傲[76]；问一而告二谓之囋[77]。傲非也，囋非也，君子如向[78]矣。

学莫便乎近其人[79]。《礼》《乐》法而不说，《诗》《书》故而不切[80]，《春秋》约而不速[81]。方[82]其人之习君子之说，则尊以遍矣，周于世矣！故曰：学莫便乎近其人。

学之经[83]莫速乎好其人，隆礼次之。上不能好其人，下不能隆礼，安特[84]将学杂识志[85]，顺[86]《诗》《书》而已耳！则末世[87]穷年，不免为陋儒而已。将原先王，本仁义，则礼正其经纬蹊径也。若挈裘领[88]，诎[89]五指而顿之，顺者不可胜数也。不道[90]礼宪，以《诗》《书》为之，譬之犹以指测河也，以戈舂黍也，以锥餐壶[91]也，不可以得之矣。故隆礼，虽未明[92]，法士也；不隆礼，虽察辩，散儒[93]也。

问楛[94]者，勿告也。告楛者，勿问也。说楛者，勿听也。有争气者，勿与辩也。故必由其道至然后接之，非其道则避之。故礼恭而后可与言道之方，辞顺而后可与言道之理，色从而后可与言道之致。故未可与言而言谓之傲，可与言而不言谓之隐，不观气色而言谓之瞽[95]。故君子不傲、不隐、不瞽，谨顺其身[96]。《诗》曰[97]："匪交匪舒[98]，天子所予[99]。"此之谓也。

百发失一，不足谓善射；千里跬步不至，不足谓善御；伦类不通[100]，仁义不一，不足谓善学。学也者，固学一之也；一出焉，一入焉，涂[101]巷之人也；其善者少，不善者多，桀、纣、盗跖[102]也；全之尽之，然后学者也。

君子知夫不全不粹之不足以为美也，故诵数[103]以贯之，思索以通之，为其人以处之，除其害者以持养之。使目非是无欲见也，使耳非是无欲闻也，使口非是无欲言也，使心非是无欲虑也。及至其致好之也，目好之五色，耳好之五声，口好之五味，心利之有天下。是故权利不能倾也，群众不能移也，天下不能荡也。生乎由是，死乎由是，夫是之谓德操。德操然后能定，能定然后能应，夫是之谓成人[104]。天见其明，地见其光[105]，君子贵其全也。

注　释

① 已：止。

② 青：靛青，青色颜料。

③ 蓝：草名，蓼蓝，可从中提取蓝色染料。

④ 绳：指取直工具，即墨线。

⑤ 鞣：以火熨木而使之弯曲的工序。

⑥ 规：取圆的工具。

⑦ 槁暴：晒干。槁，枯。暴，同“曝”，晒。

⑧ 金：指金属。就砺：磨砺。就，靠近。砺，磨刀石。

⑨ 参省乎己：用所学省察自身所思所行。

⑩ 知：读去声，同“智”。

⑪ 溪：溪谷，两山之间的深沟。

⑫ 干：国名，后为吴所灭。

⑬ 貉：同“貊”，泛指北方的民族。

⑭《诗》曰：此引诗句出自《诗经·小雅·小明》。

⑮ 靖共：同“静恭”，严肃谨慎之意。

⑯ 介尔景福：赐予你洪福。介，赐予之义。尔，你。景，大。

⑰ 须臾：片刻。

⑱ 跂：抬起脚跟站着。

⑲ 彰：显明，指声音听得清楚。

⑳ 利足：指腿脚好，走路迅捷。

㉑ 绝：横渡。

㉒ 生：通“性”，本性，天资。

㉓ 蒙鸠：鸟名，即鷦鷯。

㉔ 苕：芦苇的花。

㉕ 射干：植物名，可入药。射，读“夜”。

㉖ 仞：长度单位，周制八尺为仞。

㉗ 涅：黑泥。

㉘ 兰槐：香草名，苗名兰，根名芷。

㉙ 渐之滫：沾上臭水。渐，浸染。滫，臭水。

㉚ 服：佩戴。

㉛ 起：此为发生了什么事情之义。

㉜“荣辱”二句：意为或荣或辱，以其人之德行为本，有德则获荣，无德则招辱。象，符合、相应之义。

㉝ 忘身：指自身的言行失去检点。

㉞ 强：坚硬。

㉟ 柱：通“祝”，断折。

㊱ 束：捆绑，束缚。

㊲ 畴生：聚集生长。畴，种类，引申为同类。

㊳ 质：箭靶子。的：箭靶子的圆心。张：陈设。

㊴ 斤：斤亦斧，但形小。

㊵ 醯：醋。

㊶ 蚋：昆虫名，即蚊子。

㊷“积土”二句：古人认为云雨从山穴中生出，故如此说。

㊸ 圣心：圣人的思想道德品格。备：具备。

㊹ 蹞步：半步。蹞，同“跬”。

㊺ 骐骥：良马名，骏马。

㊻ 十驾：马驾车走十天的路程。

㊼ 锲：雕凿。

㊽ 镂：雕刻。

㊾ 螾：同“蚓”，蚯蚓。

㊿“蟹八”句：八，原作“六”，据清儒卢文弨之说改。跪，足。螯，螃蟹等甲壳动物的第一对足，开合如钳。

51 蟺：同“鳝”。

52 冥冥：形容意志沉潜专一。

53 惛惛：静默专一貌，形容埋头苦干。

54 衢道：岔路口。

55 螣蛇：传说为神蛇，可兴云雾游行空中。

56“鼫鼠”句：鼫鼠，即鼯鼠，俗言其五技而无精者。五技，《说文》言鼯“鼠也，能飞不能过屋，能缘不能穷木，能游不能渡谷，能穴不能掩身，能走不能先人”。穷，困窘，指其五种技能都不能达于高超。

57《诗》曰：引诗见《诗经·曹风·鸤鸠》。

(58)“尸鸠”六句：尸鸠，即鸤鸠，布谷鸟。淑人，美善之人。仪，仪容表现。结，牢固不移。郑《笺》：“尸鸠有均一之德，饲其子，旦从上而下，暮从下而上，平均如一。”此取其义以兴淑人君子专一道德，始终如一。

(59) 瓠巴：楚人，善弹瑟，相传其奏瑟时，令鸟舞鱼跃。

(60) 沉鱼：原作“流鱼”。清人王先谦《荀子集解》改作“沉鱼”。

(61) 伯牙：亦楚人，善弹琴。

(62) 仰秣：停下来不吃而仰起头来听。秣，马吃草料。

(63) 数：旧作“术”解，指治学的方法、途径、步骤。实际“数”与“义”相对而言，“数”指具体所学的东西，“义”指通过学所要达到的标准。

(64) 经：指《诗》《书》等典籍。

(65) 礼：指礼法，典章制度类文献，属行为规范层次，既读其书，又化之为行动。

(66) 中声：中和的声音《诗》以乐为用，《诗》之乐音皆中和之声，以养人之性情。

(67) 文：指一切外在的规范，如仪节、制度、等级等。

(68) 微：深微，指一字含褒贬之大义。

(69) 箸：同“著”，显明。

(70) 四体：四肢。

(71) 端：通“喘”，微言，轻声说话。

(72) 蠕：微动。指动作谨慎。

(73) 为己：指落实到个人修养上。

(74) 为人：给人看，向人炫耀或取悦于人。

(75) 禽犊：禽兽之小者，或以之为玩物，或以之为馈赠品。

(76) 傲：浮躁。《论语·季氏》：“言未及之而言谓之躁。”可参证。

(77) 囋：多言。

(78) 如向：向，通“响”。如响之应声。即《礼记·学记》所言：“善待问者如撞钟，叩之以小者则小鸣，叩之以大者则大鸣。”

⑲“学莫”句：指为学之道，以接近贤师益友，直接以其为榜样学习为最便捷。

⑳故而不切：陈旧而不切合当今。

㉑约而不速：指《春秋》一字褒贬，含有微言大义，不易直接理解掌握。约，简约。

㉒方：通“仿”，仿效。

㉓经：途径。

㉔安：于是，则。特：只，仅仅。

㉕杂识志：杂记之书，指百家之说。其中“识”字乃衍文。

㉖顺：通“训”。指训诂解说。

㉗末世：意谓到死之日，终其一生。

㉘挈：提。裘领：皮毛衣服的领子。

㉙诎：通“屈”，弯曲。

㉚道：由，通过。

㉛餐壶：指吃饭。壶，盛食物的器皿。

㉜未明：指未知其所以然。

㉝散儒：指不能以礼检束自己、不遵礼法的儒生。

㉞楛：恶劣。此指非礼义之内容。

㉟瞽：目盲。此指盲目行事。

㊱其身：指来请教之人。

㊲《诗》曰：所引诗见《诗经·小雅·采菽》。

㊳匪：非。交：通“绞”，急切。舒：迂缓。

㊴予：赞许。

⑽伦类不通：指不能举一反三、触类旁通。

⑾涂：道路。

⑿桀：夏桀王。纣：商纣王。两人都是暴君。盗跖：春秋时有名的大盗。

⒀数：指各种该学的东西。一说反复诵说，亦通。

⑩④ 成人：具备了人之所以为人的全部道德。

⑩⑤ 光：广，大。

讲　析

篇名“劝学”，表现了荀子对“学”的极度重视。荀子为什么这样重视“学”？这是以他对人的本性的认识为基础的，即是以其人性论为基石的。比他出生约早半个世纪的孟子提出“人性善”，人性怎么会天生就是“善”的呢？荀子没有盲目地接受这个论断，而是如实地去观察分析了人性，得出的结论与孟子完全相反，提出人性恶的论断。他著有《性恶》篇，认为人也是动物，人生来的本性，与其他动物并没有什么差别，人之所以为人，是在于用圣人创造的“礼义”改变了自己。他把这称作“伪”。这个“伪”不是虚伪之义，而是“人为”之义，是用后天的努力改造的结果。把人生为动物的本性，与圣人创造的“礼义”区分开来，这是荀子的一个重要观念。他的《性恶》篇说：“凡性者，天之就也，不可学，不可事。”“天之就”即天生就，不是可以学来，也不是做点什么就可以改变的。所谓“事”，就是指后天的努力。但是“礼义”不同，“礼义者，圣人之所生也，人之所学而能，所事而成者也”。“礼义”是圣人创造的，是可以学到手的，可以通过自身的努力得来。所以，他的结论是：“不可学、不可事而在人者谓之性，可学而能、可事而成之在人者，谓之伪，是性、伪之分也。”“性”“伪”之分是荀子的一个重要观念。性是生而自具的，不用学就自然具有，这个性与一般动物并没有差别。但“礼义”是圣人的创造，不学就得不到。所以他要特别“劝学”了。因为这“学”实在太重要了，是人之所以成为人的根本，篇中说："为之，人也；舍之，禽兽也。""为之"，就是"学"，"不为"，就是不学。"学"就可以成为人，不"学"就只能有动物本性，是"禽兽"。所以他要特别"劝学"。讲"学"以人性论为基础，分外着实有力。

荀子所谓的"学"，并不只是学习一些先王留下的文献知识，学点书本上的东西，而是重在用圣人创造的"礼义"变化人，是要落实到用礼义化人上。所以文章特别提出和强调"化道"："神莫大于化道，福莫长于无祸。"他对两种人都是鄙夷不屑的：一种是停留在书本知识上，那不过是"将学杂识志，顺《诗》《书》而已耳！则末世穷年，不免为陋儒而已"。一种是不知"隆礼"，用礼法约束自己的行为，虽然道理讲得头头是道，但不能落实至人行为上，"虽察辩，散儒也"。

"学"的根本价值在于以"礼义"变化人，因此篇中指出学习最有效最便捷的途径是"学莫便乎近其人"，又说："学之经莫速乎好其人。"靠近贤人，喜爱贤人，直接学习其人之所言所行。这固然与春秋战国时期学习的主要方式是师徒相授有关，但其更本质的意义，是"学"的作用在改变人，是将自己变化成贤人那样的人。所以贤人的榜样与"礼义"有同样的价值。

篇中也为"学"提出了标准，这就是要达到"全"与"粹"："君子知夫不全不粹之不足以为美也，故诵数以贯之，思索以通之，为其人以处之，除其害者以持养之。使目非是无欲见也，使耳非是无欲闻也，使口非是无欲言也，使心非是无欲虑也。及至其致好之也，目好之五色，耳好之五声，口好之五味，心利之有天下。是故权利不能倾也，群众不能移也，天下不能荡也。生乎由是，死乎由是，夫是之谓德操。德操然后能定，能定然后能应，夫是之谓成人。

天见其明，地见其光，君子贵其全也。”“粹”，就是纯，“全”就是完备。达到这样的高境，才能树立起“德操”，具备了“德操”，才能“定”，即牢固不移，如此才能在任何情况下都不动摇、不变化，真正达到了“成人”的地步。

本篇表现出的写作技巧，也值得注意。如文章的开篇，讲“学”的重要性，不是平直地从“学”的重要开始，而是下一句断语：“学不可以已。”就是学不可以停止。这必然逼出一个为什么的问题，再接着讲学的重要性，起句不仅坚实有力，也避开了平直。先秦诸子的散文，也多有对称的句式，但荀子显得更加突出。句式整饬，音调铿锵。如篇中：“故不登高山，不知天之高也；不临深溪，不知地之厚也；不闻先王之遗言，不知学问之大也。”“吾尝终日而思矣，不如须臾之所学也。吾尝跂而望矣，不如登高之博见也。登高而招，臂非加长也，而见者远；顺风而呼，声非加疾也，而闻者彰。假舆马者，非利足也，而致千里；假舟楫者，非能水也，而绝江河。”“蓬生麻中，不扶而直；白沙在涅，与之俱黑。”文章也非常善用比喻，往往成串联翩而出，文采斐然。诸如：“施薪若一，火就燥也；平地若一，水就湿也。草木畴生，禽兽群焉，物各从其类也。是故质的张而弓矢至焉，林木茂而斧斤至焉，树成荫而众鸟息焉，醯酸而蚋聚焉。”“故不积跬步，无以至千里；不积小流，无以成江海。骐骥一跃，不能十步；驽马十驾，功在不舍。锲而舍之，朽木不折；锲而不舍，金石可镂。”“百发失一，不足谓善射；千里跬步不至，不足谓善御；伦类不通，仁义不一，不足谓善学。”触目皆是，不一而足。以上例句中也突出显示出排比的修辞技巧，成串的排比句联翩而至，整饬壮美，排山倒海，都分外增加了文章的文采、气势和说服力量。

一气贯注　风发骏利
——讲析贾谊《过秦论》

过秦[1]论

秦孝公[2]据殽函[3]之固，拥雍州[4]之地。君臣固守，以窥周室[5]。有席卷天下，包举宇内，囊括四海之意，并吞八荒之心[6]。当是时也，商君佐之[7]，内立法度，务耕织，修守战之具，外连衡[8]而斗诸侯。于是秦人拱手[9]而取西河之外[10]。

孝公既没，惠文武昭蒙故业[11]，因遗策[12]，南取汉中[13]，西举巴蜀[14]，东割膏腴之地[15]，收要害之郡[16]。诸侯恐惧，会盟而谋弱秦[17]，不爱[18]珍器重宝肥饶之地，以致[19]天下之士，合从缔交，相与为一[20]。当此之时，齐有孟尝，赵有平原，楚有春申，魏有信陵[21]。此四君者，皆明智而忠信，宽厚而爱人，尊贤而重士，约从离横[22]。兼韩、魏、燕、赵、宋、卫、中山[23]之众。于是六国之士，有甯越、徐尚、苏秦、杜赫[24]之属为之谋。齐明、周最、陈轸、召滑、楼缓、翟景、苏厉、乐毅[25]之徒通其意。吴起、孙膑、带佗、兒良、王廖、田忌、廉颇、赵奢[26]之伦制其兵。尝以十倍之地，百万之众，叩关[27]而攻秦。秦人开关而延敌[28]，九国[29]之师遁逃而不敢进。秦无亡矢遗镞[30]之费，而天下诸侯已困矣。于是从散约解，争割地而赂秦。秦有余力而制其弊[31]，追亡逐北[32]，伏尸百万，流血漂橹[33]。因利乘便，宰割天下，分裂河山。强国请伏，弱国入朝。施及孝文王、庄襄王[34]，享国之日浅，国家无事。

及至始皇[35]，奋六世之余烈[36]，振长策而御宇内[37]，吞二周[28]而亡诸侯。履至尊而制六合[39]，执敲扑[40]以鞭笞[41]天下。威振四海，南取百越[42]之地，以为桂林象郡[43]。百越之君俯首系颈[44]，委命下吏[45]。乃使蒙恬[46]北筑长城而守藩篱[47]，却[48]匈奴七百余里，胡人不敢南下而牧马，士[49]不敢弯弓而报怨。于是废先王之道，燔百家之言[50]，以愚黔首[51]。隳[52]名城，杀豪俊。收天下之兵[53]，聚之咸阳[54]，销锋鍉[55]，铸以为金人十二。以弱天下之民。然后践华为城，因河为池[56]。据亿丈之城[57]，临不测之溪[58]以为固。良将劲弩守要害之处。信臣[59]精卒陈利兵而谁何[60]？天下已定，始皇之心，自以为关中[61]之固，金城[62]千里。子孙帝王万世之业。

始皇既没，余威震于殊俗[63]。然而陈涉[64]瓮牖绳枢[65]之子，氓隶[66]之人，而迁徙之徒[67]也，材能不及中庸[68]，非有仲尼墨翟[69]之贤，陶朱猗顿[70]之富。蹑足行伍[71]之间，俯起阡陌[72]之中。率罢散之卒，将数百之众，转而攻秦。斩木为兵，揭[73]竿为旗。天下云集而响应，赢粮而景从[74]。山东[75]豪俊遂并起而亡秦族矣。

且夫天下非小弱也，雍州之地殽函之固自若也[76]，陈涉之位非尊于齐、楚、燕、赵、韩、魏、宋、卫中山之君也，锄耰棘矜[77]，非铦[78]于钩戟[79]长铩[80]也。谪戍[81]之众，非抗[82]于九国之师也。深谋远虑行军用兵之道，非及曩时[83]之士也。然而成败异变，功业相反。试使山东之国与陈涉度长絜大[84]，比权量力，则不可同年而语矣。然秦以区区之地，致万乘[85]之权。招八州[86]而朝同列[87]，百有余年矣。然后以六合为家，殽函为宫。一夫作难[88]，而七庙隳[89]。身死人手，为天下笑者，何也？仁义不施，而攻守[90]之势异也。

注　释

① 过秦：言秦之过错。

② 秦孝公：秦国国君，名渠梁，公元前361—前338年在位。他任用商鞅，实行变法，使秦国国富兵强。

③ 殽函：殽山和函谷关，在今河南灵宝。函谷关即在殽山西谷内。孝公时代，秦国据有了此地，此地成为秦国东境的险要关隘和门户。

④ 雍州：《禹贡》所言古代九州之一，其地域包括今陕西省中部北部、甘肃省大部、青海省东南部以及宁夏回族自治区一带地方。雍州阻山带河，

具有四塞的形胜。

⑤ 窥：伺机而取之义。周室：指东周王朝，都城在洛阳，当时已十分衰弱，但名号上为一代统治者。

⑥“有席卷”四句：意思是秦孝公有并吞天下的野心。席卷、包举、囊括，都有并吞的意思。宇内、四海、八荒，都是指天下。

⑦ 商君：即商鞅，本是卫国的庶公子，所以也称卫鞅，后到秦国辅佐孝公变法成功，孝公封以商於（今陕西商洛境内）之地，号曰商君。

⑧ 连衡：也作“连横”。东西为横。连合东方各国来奉事秦国。

⑨ 拱手：两手合抱示敬，借指毫不费力。

⑩ 西河之外：指魏国在黄河以西的地域，今陕西省黄河以西大荔一带。商鞅大破魏军，魏献河西之地与秦媾和。

⑪ 惠文武昭：孝公后的惠文王、武王、昭襄王。惠文王，孝公子，在位 27 年。武王，惠文王子，在位 4 年。昭襄王，武王之异母弟，在位 56 年。蒙故业：承接已有的基业。

⑫ 因遗策：沿袭前代的策略。

⑬ 汉中：今陕西汉中一带地方，当时为楚国之地。

⑭ 举巴蜀：吞灭巴蜀。举，攻取。巴蜀，古国名，巴在今四川东部，蜀在今四川西部。秦取汉中、巴蜀都在惠文王时。

⑮ 膏腴之地：土质肥沃的地区。

⑯ 要害之郡：重要的城邑。秦武王、昭襄王时，得韩之宜阳、魏之河东等地。

⑰ 弱秦：削弱秦国。

⑱ 不爱：不吝惜。

⑲ 致：招纳来。

⑳“合从”二句：实行合纵，连合南北六国一起抗秦。从，通“纵”。南北为纵。

㉑“齐有”四句：齐国的孟尝君田文，赵国的平原君赵胜，楚国的春申

君黄歇，魏国的信陵君魏无忌，即著名的“战国四公子”。他们都是贵族，仅次于国君的当政者。

㉒ 约从离衡：使东方各国相约为合纵，瓦解秦国的连横策略。

㉓ 宋、卫、中山：都是战国七雄之外的小国名。宋，在今河南商丘一带。卫，在今河南濮阳一带。中山，在今河北定州一带。

㉔ 甯越：赵人。徐尚：宋人。苏秦：周人，曾为“合从长”。杜赫：周人。

㉕ 齐明：周臣。周最：周之公子。陈轸、召滑：楚人。楼缓：魏相。翟景：魏人。苏厉：苏秦弟。乐毅：燕将。

㉖ 吴起：魏将。孙膑：齐将。带佗：楚将。兒良、王廖：善用兵之人。田忌：齐将。廉颇、赵奢：赵将。

㉗ 叩关：攻击函谷关。叩，击。

㉘ 延敌：引敌人进来。

㉙ 九国：即上文所说的齐、楚、韩、魏、燕、赵、宋、卫、中山。

㉚ 无亡矢遗镞：不用一箭。亡，失去。矢，箭。镞，箭头。

㉛ 制其弊：利用他们的困顿进攻他们。弊，困顿，疲困。

㉜ 追亡逐北：追逐败逃的军队。亡，逃跑。北，军队溃败。

㉝ 流血漂橹：血流成河，把盾牌都漂起来。橹，大盾牌。

㉞ 孝文王：昭襄王之子，登位数日而卒。庄襄王：孝文王之子，在位首尾三年。

㉟ 始皇：即秦始皇嬴政。他统一六国后，称皇帝，废除谥法，以世数计，他为始皇帝，其子称二世皇帝。

㊱“奋六世”句：发展六世遗留下来的功业。六世，指孝公、惠文王、武王、昭襄王、孝文王、庄襄王。

㊲“振长策”句：以牧马为比喻，言秦统治天下。振，举起。策，马鞭子。御，驾驭。

㊳ 吞二周：吞并东周、西周。东周王朝后分成东、西周，都于巩（今

河南巩义）的称东周，都于洛阳的称西周。秦昭襄王灭西周，庄襄王灭东周，秦始皇灭六国诸侯。

㊴“履至尊”句：登上皇位控制天下。履，登位。至尊，指皇帝。六合，天地四方。

㊵ 敲扑：刑具，短的叫“敲”，长的叫“扑”。

㊶ 鞭笞：鞭打。

㊷ 百越：我国的越族，散居于江、浙、闽、粤等地，故称百越。

㊸ 桂林象郡：桂林、象郡都是秦开置的新郡，在今广西境内。桂林郡偏于东北部，象郡偏于西南部。

㊹ 俯首系颈：自缚投降。俯首，低头。系颈，自己将绳子系在颈上，表示降服。

㊺ 委命下吏：任凭下吏处置。下吏，指秦下级官吏。

㊻ 蒙恬：秦将。始皇时领兵三十万北逐匈奴，修筑万里长城。

㊼ 蕃篱：喻指边境上的屏障。蕃，通“藩”，屏障。

㊽ 却：击退。

㊾ 士：指胡人的军士。

㊿ 燔：烧。百家之言：诸子百家的书籍。

(51) 黔首：秦朝称平民百姓为黔首。黔，黑色。

(52) 隳：毁坏。

(53) 兵：兵器。

(54) 咸阳：秦之都城，在今陕西咸阳东。

(55) 销锋鍉：销毁兵器。锋，兵刃。鍉，箭头。

(56) 践华为城，因河为池：以华山为城，以黄河为护城河。践，登。因，凭借。池，护城河。

(57) 亿丈之城：指华山。

(58) 不测之溪：指黄河。

(59) 信臣：忠诚可靠之臣。

⑽ 谁何：喝问是谁，指关塞哨兵的缉查盘问。何，同“呵”，喝问。

⑾ 关中：函谷关以西之地，包括秦岭以北的陇西、陕西，秦岭以南的汉中、巴蜀。

⑿ 金城：坚固的城池。

⒀ 殊俗：指与中原不同风俗的边远地区。殊，异。

⒁ 陈涉：又名陈胜，阳城（今河南登封）人。秦二世元年（前 209），与吴广率领赴戍的役人于途中起义，揭起反秦斗争的旗帜。

⒂ 瓮牖绳枢：以破瓮砌成窗户，以草绳系门，指贫穷之家。牖，窗户。枢，门的转轴。

⒃ 氓隶：种田作役的人。氓，种田之民。隶，从事贱役的人。

⒄ 迁徙之徒：被征发戍边的人。当时陈涉被征发戍守渔阳。

⒅ 中庸：平常的人。

⒆ 仲尼墨翟：孔子、墨子。孔子，字仲尼。墨子，名翟。

⒇ 陶朱猗顿：陶朱，就是春秋时越国的范蠡。他后来在陶（今山东定陶西北）经商致富，自称陶朱公。猗顿，春秋时鲁国人，他向陶朱公请教致富的方法，到猗氏（今山西临猗）南部广畜牛羊而发家。

㉑ 蹑足行伍：指参加戍卒行列。蹑足，践履，置身之义。行和伍都是军队基层编制名称。

㉒ 阡陌：本为田间小路，这里借指田野。

㉓ 揭：高举。

㉔“赢粮”句：担着粮食如影随形般地跟从。赢，担负。《文选》作“嬴”，此处据贾谊《新书》校改。景，同“影”。

㉕ 山东：指殽山以东，即原东方六国之地。

㉖ 自若也：和从前一样。

㉗ 耰：农具，似耙而无齿。棘矜：戟柄。

㉘ 铦：锋利。

㉙ 钩戟：有钩的戟。

⑳ 铩：长矛。

㉑ 谪戍：被征发戍守边疆。

㉒ 抗：高，强。

㉓ 曩时：往昔，从前。

㉔ 度长絜大：较量长短大小。絜，量度物体周围的长度。

㉕ 万乘：指天子。周代制度，天子地方千里，出兵车万乘。乘，一车四马为乘。

㉖ 招八州：统治八州。招，招抚。八州，指秦所居雍州以外的兖州、冀州、青州、徐州、豫州、荆州、扬州、梁州，为山东六国所处之地。

㉗ 朝同列：使六国诸侯都向它称臣朝聘。秦与六国诸侯本属同列。

㉘ 一夫作难：指陈涉发难反秦。

㉙ 七庙隳：宗庙毁灭。天子的宗庙奉祀七代祖先，称七庙。

㊵ 攻：指秦灭六国。守：指秦统治天下。

讲　析

贾谊《过秦论》有上、中、下三篇，都是剖析秦失天下的原因，批评其过失。本篇是上篇。论秦失天下的原因。结论就是篇末的两句话："仁义不施，而攻守之势异也。"秦国夺取天下，并吞诸侯，处于"攻"势；秦已取得天下，则处于"守"势。取天下可以凭诈力兼并他国，守天下则应施仁义安集万民。可是秦在统一天下之后，不知改行仁政，以致天下怀怨，导致了覆亡。本篇属于议论文，可是它很少抽象议论，绝大篇幅都是叙事，叙述秦国的历史，只有末段才是议论语气，但内容仍不外是史实的对比。严格地说，只有结尾两句论断才是纯粹的议论。然而论断摆出来了，文章也就结束了，作者是用史实进行议论，以史为论，在论说文中别开生面。

全文大体可分为两个部分，前三段为一部分，叙秦取天下之盛势，后二段为一部分，叙秦亡天下之疾速。前三段按历史顺序叙述从孝公至始皇七代秦君兼并天下的伟业。以三段笔墨，将秦之所向无敌、威慑天下的无比强大，活现在纸上。然后陡然跌落到后一部分。第四段写始皇死后，虽然余威还震动天下，然而陈涉一呼，天下云集影从，便把秦国推上灭亡的绝境。这一段里，特别强调了陈涉出身寒微，才智不高，不拥有财富，起于下层兵伍之间。只有少量的兵众、钝拙的武器，使之与此前秦国所面对的六国敌手形成彼强此弱的鲜明对比。这不能不引导出一个问题：秦能战胜六国劲敌，何以却毁于一陈涉？第五段即承此问题，通过史实的鲜明对比，提出答案也就是结论。从秦一面说，拥有了天下，不比为群雄之一时小弱，山川关塞的险要，也一如既往；从陈涉一面说，位不比山东九国之君高，以农具为兵器不比九国真兵器锋利，以戍卒为兵众也抵不上九国练卒之精锐，其智谋更远不及九国之士的高明，然而"成败异变，功业相反"，曾经战胜六国之秦却因陈涉发难而崩溃了，何以前时如彼而今时如此呢？结论就是："仁义不施，而攻守之势异也。"这结论真是力重千钧，因为它是从历史事实中导引出来的，有史为证，所以具有最强的说服力。作者似乎只是叙述史实，实际上史事的叙述，是紧紧围绕所要引出的结论进行的，史实叙述完了，结论也就水到渠成地停蓄在那里，一经拈出，犹如画龙点睛，使人豁然开朗，启人深思，发人猛醒，令人回味无穷。这是以史实为论所收到的奇特效果，为本篇的第一个特点。

本篇的第二个特点，也是另一引人入胜之处，是它的气势充沛。有如悬崖飞瀑，倾注而下，一气奔流到底。所以吴闿生说它"通篇一气贯注，如一笔书，大开大阖"（《古文范》评语）。文章富有气势，不可以一端论，就本篇来说，有几点是不可忽视的。其一，作者对所论的问题有深邃的认识和全盘的把握，高瞻远瞩，胸有成竹。犹如站在高峰之巅望平野行路，来端去尾，以及其间的曲折，无不尽在心目之中。所以运笔有高屋建瓴之势，大气盘旋，畅达无阻。其二，本篇虽以史实作论，以叙史为主，但作者对于史实的叙述，并非如一般撰著史书那样详载平叙，而是围绕本文的主旨，出以高度概括的笔墨。如第二段，将惠文王、武王、昭襄王三代八十余年中的史事，参错综合，予以概括的叙述，说他们"蒙故业，因遗策，南取汉中，西举巴蜀，东割膏腴之地，收要害之郡"，如此运笔，便风发骏利，奔腾有势。如第三段写秦始皇，说他吞二周，亡诸侯，南取百越，北却匈奴，焚百家之言，收天下之兵，都是以概括的笔墨，将大事排比叙出，无不笔笔得力。其三，在材料取舍与安排上，始终注意文势的奔腾。如本文的开篇。秦自立国，有纪年可查的，在孝公之前，还有二十余君，四百多年的历史。但秦国达到国富兵强，具有兼并诸侯之力，是从孝公时商鞅变法开始。作者就大刀阔斧地将孝公以前的历史全部砍去，而从孝公一代拦腰截起，一点也不拖泥带水，落笔便虎虎有生气。又如昭襄王之后，还有孝文王、庄襄王两代。其间没有重大发展，作者便只用"施及孝文王、庄襄王，享国之日浅，国家无事"十七个字一笔带过，不使其阻滞文气。这样，从秦孝公的奠定基础，到惠文王、武王、昭襄王的扩展事业，再到秦始皇的奋六世之余烈，统一天下，叙秦国夺取天下的历史，一环咬住一环，一步高过一步，扣人心弦。将秦国横扫天下的雄姿写足，将秦国无比强大推到最高点，然后陡折至其崩溃，随即推出令人触目惊心的结论，大起大落，大开大阖，笔锋由长河咆哮变为旋涡急转，倍增其磅礴的气势。这些都无不得力于材料取舍的精当，繁简处置的适宜和结构安排的巧妙。

本文第三个特点是笔墨的恣肆与文辞的高妙。本篇的文笔与平实说理的文字不同，而具有明显的夸饰的倾向，其中有战国策士即纵横家飞辩逞辞与汉代赋家铺张扬厉的文辞风尚的深刻影响。姚鼐评论这篇文章说“雄骏宏肆”（《古文辞类纂》评语），“雄骏”即指其气势充沛，“宏肆”即指其由夸饰带来的恣睢放纵的文风。本篇多用铺排的笔墨，如首段言秦孝公“有席卷天下，包举宇内，囊括四海之意，并吞八荒之心”，其实无非是说孝公有并吞天下的雄心，却铺排成四句，其中“席卷”“包举”“囊括”“并吞”基本是一个意思，“天下”“宇内”“四海”“八荒”也基本是一个意思。但如此铺排写来，便扬厉纵恣，跌宕有力。又如二段言山东九国合纵抗秦时人才之盛，分为“为之谋”者、“通其意”者、“制其兵”者三类，排比铺叙出来，都大大增强了文笔的浓重色彩与表现力量。末段对比陈涉与山东九国力量的强弱，分地位、武器、兵众、谋略四个方面，排比铺叙出来，都大大增强了文笔的浓重色彩与表现力量。本篇造词叙事也往往带有夸张、强调的倾向。如第二段言九国合纵攻秦一事，《史记·楚世家》载：“（怀王）十一年，苏秦约从，山东六国共攻秦，楚怀王为从长。至函谷关，秦出兵击六国，六国兵皆引而归。”《资治通鉴·周纪三》亦云：“楚、赵、魏、韩、燕同伐秦，攻函谷关，秦人出兵逆之，五国之师皆败走。”本文则言九国“以十倍之地，百万之众，叩关而攻秦。秦人开关延敌，九国之师遁逃而不敢进。秦无亡矢遗镞之费，而天下诸侯已困矣”。称九国之师望秦却步，不战而退，其有意夸张强调是显然的。至于文中言九国攻秦，“百万之师”，秦国“追亡逐北，伏尸百万”，更显然是夸张之词。作者这种笔意，贯串于全文之中，特别是在全文广泛运用对比之处，抑扬之意十分突出。如言秦前期之强盛，简直所向披靡；言秦后期之虚弱，好似一触即溃。实际上前期也经历不少挫折与失败，后期也曾有过胶着顽强的抵抗。又如言秦前期所遇之对手东方诸国，有意强调其盛大，铺排他们有九国之众，十倍于秦的土地，众多的谋臣将帅，合师百万，显然意在以其强大而败于秦来反衬秦之策略正确，便所向无敌；而言秦后期所遇之对手陈涉，则极言其并不具备推翻强秦的资本，显然又是意在以陈之卑弱而使秦崩溃来反衬秦后期政策失误，不施仁义，丧失民心的严重恶果。这样的笔法虽然有时不免与史实略有出入，但从文学角度看，却往往更能凸显事物的本质，这正是文学笔法与写史不同之处。

本篇总体上说属于散行文字的散文，但多用整饬的句式甚至对偶的句子，诸如“据殽函之固，拥雍州之地”，“废先王之道，燔百家之言”，“践华为城，因河为池。据亿丈之城，临不测之溪”之类不少，有时文句不那么对称，却具偶行神理，如第三段中写秦始皇南取百越之地，与使蒙恬北筑长城，南北成偶；下言废先王之道以愚民，隳名城杀豪杰以弱民，愚民、弱民又隐隐成对。这些都使人读之音节铿锵，文笔摇曳多姿，既增加了文辞之美，又加强了文章气脉的畅达和奔腾流转的气势。

悖始正结　翻折奇妙

——讲析韩愈《杂说四·千里马》

杂说四·千里马

世有伯乐[1]，然后有千里马[2]。千里马常有，而伯乐不常有。故虽有名马，祗辱[3]于奴隶人[4]之手，骈死于[5]槽枥[6]之间，不以千里称也。

马之千里者，一食或尽粟一石[7]；食[8]马者不知其能千里而食也。是马也，虽有千里之能，食不饱，力不足，才美不外见；且欲与常马等不可得，安求其能千里也？

策[9]之不以其道，食之不能尽其材[10]，鸣之而不能通其意，执策而临[11]之，曰：“天下无马。”呜呼！其真无马耶？其真不知马也！

注　释

① 伯乐：指孙阳，秦穆公时人，善相马。伯乐，星名，神话传说其主典天马。孙阳善相马，故世以伯乐相称。

② 千里马：日行千里的良马。

③ 祗：通“只”，只是，只能。辱：辱没，埋没。

④ 奴隶人：奴仆，此指饲马人。

⑤ 骈死于：谓和一般马一样死于。骈，并列。

⑥ 槽枥：马槽，装马饲料的器具。

⑦ 石：容量单位，十斗为石。

⑧ 食：读去声，同“饲”，喂养。

⑨ 策：马鞭子。这里用作动词，驱使之义。

⑩ 不能尽其材：指不能使它的全部才能得到发挥。

⑪ 临：靠近，有居高俯下之义。

讲 析

全文只有一百五十一个字，论说了一个重要道理，全由于构思巧妙，于似不合常识的说法中，翻出高论，故文虽极短，而波澜起伏，摇漾多姿，饶有兴味。

开篇说：“世有伯乐，然后有千里马。”二句似不合情理，千里马是一种客观存在，不依有无伯乐为转移，是一个明显的悖论。妙在文章即从一个悖论开始，而翻转出一篇令人心服口服的大议论。作者也承认千里马是客观的存在，故说千里马常有，但是喂养在一般饲马人的手里，只能和一般的马一样死在马棚里。虽是千里马，却不能“以千里称”。这是第一段文字。这表明有无千里马，并非有马就可以，还有别的决定条件。这段文字至此戛然而止，文虽止而意有余，其中隐藏着一个问题，为什么一般饲马人喂养，千里马就不是千里马了呢？这留在下一段文字中回答。一气贯注的文字却分两段说，一隐一现，一藏一露，文章就显得有波澜，不平板，这就是文字大师撰文的妙处所在。

第二段应答文字，明快有力。千里马一餐要吃尽一石粮食，而喂马人却不懂得这一点，和常马一样对待。虽然它有千里之能，因为吃不饱草料，而没有力气，不但发挥不出日行千里的本事，甚至连吃得饱的常马也比不上。一个处于饱食状态，一个处于饥饿状态，后者怎么能够比得过前者！多么巧妙的说理。

第三段文字是结语，也是关键。驱遣不是按对待千里马的原则做，喂养又不能尽其食量，马饿得长鸣，喂养人也不懂其意思，只知举着马鞭子高呼：天下无马。篇末以叹息引起的两句，可谓力重千钧："其真无马耶？其真不知马也！"哪里是没有千里马，千里马就在眼前，只是"策""食"均不尽其材的结果。真正的症结是不识千里马。

这篇短文，有似一篇寓言，寓意深远。世上并不缺乏人才，只是因为缺少识才之人，才都成了庸才。怀才不遇，是古人常有的一种感受，撰此小文，也是在发泄牢骚不平。不过这牢骚发得巧妙、生动而有力。

高议精警　浪涌波翻

——讲析王安石《读孟尝君传》

读孟尝君传[①]

世皆称孟尝君能得士[②]，士以故归之，而卒赖其力以脱于虎豹之秦。嗟乎！孟尝君特鸡鸣狗盗之雄耳，岂足以言得士！不然，擅齐之强，得一士焉，宜可以南面[③]而制秦，尚何取鸡鸣狗盗之力哉！夫鸡鸣狗盗之出其门，此士之所以不至也。

注　释

① 孟尝君传：指《孟尝君列传》，是司马迁在《史记》中为孟尝君所作的一篇传记。

② 得士：能赢得士人的敬佩，使士人奔赴其门下。

③ 南面：古代以坐北朝南为尊位，故天子诸侯见臣下皆南面而坐。意谓君临天下。

讲　析

孟尝君是战国时齐国的公子，姓田名文。他的父亲田婴曾经做到齐国的宰相，被封于薛（其地在今山东滕州东南）。田婴死后，田文承袭他父亲的爵位封号，做了薛公，号孟尝君。《史记·孟尝君列传》记载孟尝君热情招徕天下的士人，连各诸侯国犯罪逃亡的人也都投奔到他这里，而孟尝君不论贵贱，都给予优厚的待遇，所以天下之士都归向他，门下的食客竟达数千人之多，名闻诸侯。当时秦昭王听说孟尝君贤能，便设法把他召到秦国，想让他做宰相。这时秦国有人说："孟尝君很贤能，又是齐国的王族，他做秦国的宰相，谋划事情必然先考虑齐国的利益，而把秦国放在后面，秦国可要危险了。"秦昭王听了这话，便改变了主意，不仅不用他为相，反而把他软禁起来，想杀掉他。孟尝君派人去见秦昭王宠幸的王姬求救，王姬提出来要孟尝君的狐白裘。孟尝君当真有一件狐白裘，价值千金，天下无双，但是入秦的时候已经献给了秦昭王，再没有第二件了。孟尝君和他门下的宾客都束手无策。恰好有一个处于宾客末位的人能为"狗盗"，于是他装扮成狗，夜入秦宫将狐白裘偷了出来。王姬得到了狐白裘，极力斡旋，说动秦昭王把孟尝君放了。孟尝君怕秦昭王反悔，即时起行归齐，夜半赶到函谷关。秦朝守关的法律规定，早上鸡叫以后才能启关通客。这时又有一个居于宾客末位而能为"鸡鸣"的人，便学公鸡打起鸣来，结果群鸡应声而鸣，守关吏便开了关门，孟尝君顺利出了关。秦昭王果然后悔放了孟尝君，派人飞车追赶，可是追到函谷，孟尝君已经出关离开秦国的疆界了。《孟尝君列传》说："始孟尝君列此二人于宾客，宾客尽羞之。及孟尝君有秦难，卒此二人拔之。自是之后，客皆服。"意思是说当初孟尝君把善于"鸡鸣""狗盗"的这两个人列为宾客时，别的宾客都感到羞辱。待到孟尝君在秦国遭遇危难，终于赖这两个人得以脱险，从此宾客们都佩服孟尝君善于养士得人了。后来一般人也都据此事认为孟尝君能得士。这篇文章就是针对这件事情而发。文章不仅很短，而且可以说短得出奇。以不满百字的文章，发一个大议论，而且论得虎虎有生气，引人入胜，没有高明的见解和较深的文学修养功夫，是很难办到的。首先，《史记·孟尝君列传》所记载孟尝君之事很多，作者却只取这一件事发议论，这就给主题集中、议论深入、短小精悍的文风创造了条件，见出作者善于选题作文。其次，文章虽极短小，层次却历历分明，步步深入，全文包含四个层次。我们用现在的标点符号标点出来一目了然。为了分析的方便，下面我们仍把每一个逗点处当作一句看。第一层共三句。先举出世上一般人对孟尝君得脱秦难的看法，这就是认为他“能得士”，为具有各种艺能之人所归向，终于赖鸡鸣狗盗之徒得以逃脱秦王毒手。这一句是立案，摆出准备予以批驳的靶子。这个案立得非常扎实，语言干脆利落，包含三点意思：一、能得士；二、士以故归之；三、终赖其力以脱秦难。而开端用“世皆称”三字陡然领起，开门见山，一点也不拖泥带水，使人有天外飞来之感，见出作者用笔的刚劲峭折。文中用“虎豹”形容凶狠之秦，不仅深刻传神，又暗与文中的鸡、狗相映成趣。赖山阳说：“虎豹与鸡狗相映带，在于有意无意间。”靠鸡狗之能以脱虎豹之口，有意无意之间，凭空添加了文章的趣味。接下来三句是第二层次。“嗟乎”是感叹词，没有实义，如果把它除外，这一层实际只有两句话。这两句话与上文针锋相对，直破“能得士”之说。它从根本上揭出孟尝君养士的本质；既然所养为鸡鸣狗盗之徒，那他不过是鸡鸣狗盗之徒的头儿而已，哪里称得上“得士”！这断语下得深刻有力，语气斩钉截铁，紧承上文而来以叹词做转折，用一“特”字领起，陡转直下，将“能得士”三字一下掀倒，真个字字有千钧之力。所以李刚己说：“将上文一笔折倒，辞气极为骏快。”“特”字在古文中与“但”“直”二字相当，即现代汉语的

“只不过”的意思。“雄”是强有力之人，可以译成首领、头子。“不然”以下五句是第三层次。以“不然”二字再做一个转折，从孟尝君没有真正得士这点上，生发出一篇正论，是本文的核心部分，集中反映出作者识见的高超。孟尝君活动在齐湣王时期，当时对峙的战国诸雄中，齐、秦、楚三国最强大。所以文中说孟尝君“擅齐之强”。“擅”是据有的意思。有一个强盛的国家为后盾，那么，只要得一谋高识远之士，便足以称雄天下，哪里还会成为秦国的阶下囚，需要靠鸡鸣、狗盗之力以脱险呢？直破“赖其力以脱于虎豹之秦”之说，翻驳得十分有力。古时君主的座位背北面南，文中的“南面”就是指齐国君临天下，使秦国臣服于齐之义。这一层文字里实际隐含着这样一个问题：是真正得一辅国兴邦之士，使齐国号令天下，不罹于难呢，还是收养一些鸡鸣狗盗之徒，终究不免于难，再靠他们出脱险境呢？这里就见出真得士与假得士的高下了。问题提得尖锐，发人猛醒。这一段虽纯属推论，却推论得极好，不仅合乎事情的情理，合于事物的逻辑，具有极强的说服力，而且大大展拓了文境，好像行尽水源处，忽逢桃花源，使文章大为增色。最后两句是第四层。转折生发得尤其令人不测，将文章又推进一层：正因为鸡鸣狗盗出其门，所以真正之士不到这里来。一针见血地指明网罗些鸡鸣狗盗之徒，不仅不是得士的表征，恰恰是失士之根源。高见卓识，启人深思。以此作结，不仅直破“士以故归之”之说，将孟尝君不能得士之义收足，而且文势高拔，语言冷峻，尖利而富有余味。

这篇文章虽极短小，却深藏为文的匠心，作者在读《孟尝君列传》时，可能先触发了这一点感想：孟尝君据有齐国之强，得一真士，即可称雄天下，何须借鸡鸣狗盗之徒以脱险！但作者高妙之处在于是怎样将此感想结构成一篇妙文。作者没有从这一点感想直接落笔去做正面的阐发，那样虽然也可以把道理讲深讲透，但很可能写出一篇平铺直叙、平论直说、平淡无奇的文章来。相反，作者匠心独运，做了一番巧妙的安排，先立案，举出世人的识见作为靶子，然后依次翻驳，层层深入，每一层针对立案中的一点，不仅条理清晰，逻辑谨严，更重要的是经此一番结构，带来许多妙处：第一，八十多字的短文中具有了四个分明的层次，显得层峦叠嶂，有尺幅千里之妙。而层层转折，使文势波澜起伏，一似庐山三叠泉，虽一瀑奔注，却层折而下，掀起几个轩然大波，不平不板。沈德潜说得好："语语转，笔笔紧，千秋绝调。"第二，由于作者识见高卓，四层转折之中，立意往往出人意料，唐介轩说得好："笔力眼界，俱到绝顶。"因而愈翻愈奇，胜境引人。刘鹗在《老残游记》里描写王小玉唱书，"回环转折""节节高起"，有一段很好的形容说："恍如由傲来峰西面攀登泰山的景象：初看傲来峰，削壁千仞，以为上与天通；及至翻到傲来峰顶，才见扇子崖更在傲来峰上；及至翻到扇子崖，又见南天门更在扇子崖上。愈翻愈险，愈险愈奇。"我们可以移来品味此文的妙处。第三，由于短文多层，作者的论议都采取结论和断语式的笔法，不做细致的阐发和分说，这就使文简意深，笔墨瘦硬，而转折奇突，峭拔刚劲。读此文章好像走入石林，迎面都是壁立的石笋，为散文独辟一境。我们可以从这里体会到文字的奥妙，用笔不同，叙写方式有异，可以给文章带来什么样的风神和变化。这篇文章从题目上看是一篇读后感，但内容是对史事发议论，实质上是以读后感的形式做史论。就史书记事发议论的史论，大致有两类：一类是作史者本人于史传末尾缀以评论以议是非，如《史记》各列传后的"太史公曰"，《汉书》的"赞曰"，《后汉书》的"论曰"，《三国志》的"评曰"等等；一类则如本篇，脱离史传独立成文，无论哪一类，做史论都贵在有特识。识见超卓，议论精彩，才能给文章立住主干。见解平庸，毫无新意，文章作得再漂亮，也没有生气。本文的成功正在于不仅文章变化神妙，识见也迥然出众。孟尝君靠鸡鸣狗盗之力得脱秦险，一般人很容易把它看作是孟尝君能得士的结果；而作者却高瞻远瞩，看到真得一士则可不及于难，识见高人一头，切理餍心。作者在这篇史论里，实际上提出了一个重要问题，即什么叫作“士”？是能治国兴邦之人呢，还是鸡鸣狗盗之辈？作为一个政治改革家，王安石对这些问题是有自己的见解和回答的。从这里可以看出这篇史论所议与现实政治的关系，见出王安石文章常常关联政治的特点。而政治的内容，出以生动有趣的史论，其效果便非一般文章所能比拟，这里就见出文学的特殊功用。王安石这篇文章也有其对前人继承的渊源。不仅其史论的形式是从史传的评赞发展而出，其议论方式还明显受到柳宗元议辨文的影响。如柳宗元的《晋文公问守原议》，论议晋文公向亲信的使令小臣谋商任官之事，《桐叶封弟辩》论议成王因戏言封弟于唐与周公无涉事，其驳议之精警犀利，都与本篇相近。不仅如此，本篇中的主要见解还显然受到韩愈《祭田横墓文》文意的启发。田横是秦时人，秦末曾一度自立为齐王。汉高祖刘邦统一了天下，田横与其徒众五百人逃进海岛。汉高祖下令征召，他不得已与宾客二人前往，行至半途自杀。两个宾客和海岛的五百人也全部自杀。韩愈在祭文中说：“当秦氏之败乱，得一士而可王；何五百人之扰扰，而不能脱夫子于剑铓！抑所宝之非贤，亦天命之有常。”意思说，当秦末大乱之时，得一能兴国之士即可以王天下，何以有五百人之多，却不能救田横于死。是所宝重的人不贤能呢，还是天命如此呢？韩愈虽然意在后者，然而这种问题的提法，无疑对本文的作者有所启示。从这里可以看出，只有对精华的认真继承，才有在人类历史已达到的水平基础上的更高的发展。割断历史，否定传统，白手起家，只能事倍功半，甚至长期徘徊在一个初级水平上。

抒情篇

故国长哀　家世深慨

——讲析庾信《哀江南赋序》

哀江南赋序

粤[1]以戊辰[2]之年，建亥之月[3]，大盗移国[4]，金陵瓦解[5]。余乃窜身[6]荒谷，公私涂炭[7]。华阳奔命[8]，有去无归[9]；中兴道销[10]，穷于甲戌[11]。三日哭于都亭[12]，三年囚于别馆[13]。天道周星，物极不反[14]。傅燮之但悲身世，无处求生[15]。袁安之每念王室[16]，自然流涕。昔桓君山之志事[17]，杜元凯之平生[18]，并有著书，咸能自序。

潘岳之文采，始述家风[19]；陆机之辞赋，先陈世德[20]。信年始二毛[21]即逢丧乱[22]，藐是流离[23]，至于暮齿[24]。燕歌远别，悲不自胜[25]。楚老相逢，泣将何及[26]！畏南山之雨，忽践秦庭[27]；让东海之滨，遂餐周粟[28]。下亭漂泊，高桥羁旅[29]。楚歌非取乐之方，鲁酒无忘忧之用[30]。追为此赋，聊以记言，不无危苦之辞，惟以悲哀为主[31]。

日暮途远，人间何世[32]！将军一去，大树飘零[33]；壮士不还，寒风萧瑟[34]。荆璧睨柱，受连城而见欺[35]；载书横阶，捧珠盘而不定[36]。锺仪君子，入就南冠之囚[37]；季孙行人，留守西河之馆[38]。申包胥之顿地，碎之以首[39]；蔡威公之泪尽，加之以血[40]。钓台移柳，非玉关之可望[41]；华亭鹤唳，岂河桥之可闻[42]！

孙策以天下为三分，众才一旅[43]；项籍用江东之子弟，人惟八千[44]。遂乃分裂山河，宰割天下[45]。岂有百万义师，一朝卷甲，芟夷斩伐，如草木焉[46]？江淮无涯岸之阻，亭壁无藩篱之固[47]。头会箕敛者，合从缔交[48]；锄耰棘矜者，因利乘便[49]。将非江表王气，终于三百年乎[50]？是知并吞六合，不免轵道之灾[51]；混一车书，无救平阳之祸[52]。呜呼！山岳崩颓[53]，既履危亡之运；春秋迭代，必有去故之悲[54]。天意人事[55]，可以凄怆[56]伤心者矣！况复舟楫路穷，星汉非乘槎可上[57]；风飙道阻，蓬莱无可到之期[58]。穷者欲达其言，劳者须歌其事[59]。陆士衡闻而抚掌，是所甘心[60]；张平子见而陋之，固其宜矣[61]。

注释

① 粤：发语词，表示严肃审慎的语气。

② 戊辰：天干地支相配纪年的称呼之一，此戊辰为梁武帝太清二年（548）。

③ 建亥之月：此指太清二年十月。

④ 大盗：指侯景，梁封为河南王。太清二年十月叛乱，攻入金陵，并篡梁自立为帝。移国指此。

⑤ 金陵：指梁朝的都城建业，今江苏南京。

⑥ 窜身：一身逃走。侯景叛乱，庾信为建康令，受命守朱雀航（浮桥），侯景军至，乃弃军逃往江陵。

⑦ 公私涂炭：公指朝廷官府，私指官员百姓。涂炭，陷入涂泥炭火之中，比喻处境困苦。

⑧ 华阳奔命：华阳，此指江陵，在华山之南，山南称阳。奔命，指受王命出使。侯景攻陷梁都建业，梁元帝萧绎在江陵即位，接续梁统。庾信逃往江陵，于元帝承圣三年（554），受命出使西魏。西魏都长安，今陕西西安。

⑨ 有去无归：正当庾信受命出使西魏期间，西魏消灭了梁元帝，庾信遂羁留北方，历西魏、北周，入隋卒，终未得南归，故云。

⑩“中兴”句：梁元帝被西魏军俘杀，中兴无望，故云“道销”。

⑪ 穷于：尽于。甲戌：公元554年。这一年西魏攻灭梁元帝。

⑫“三日”句：亭，古代设于路旁供行人休歇之处。都亭，都城附近之亭。此句用三国蜀将罗宪典故。罗宪守蜀都城，蜀后主刘禅向晋投降，他率所部在都亭哭了三日。作者用此典表示为梁朝之亡痛哭流涕。

⑬“三年”句：《左传》载，春秋时鲁国的叔孙婼出使晋国，被拘留。作者用此典表示自己因出使西魏而羁留北方。

⑭“天道”二句：天道，天之道，天理。周星，指岁星，古人迷信认为岁星当值，社会昌盛。古代成语，物极必反，如《冠子·环流》曰“物极则反”。此二句反用其意，感叹岁星流转，但人事却无转圜。

⑮“傅燮”二句：傅燮，东汉将领，为汉阳太守，王国、韩遂围攻汉阳，多人劝其弃官回归乡里，燮言：“世乱不能养浩然之志，食禄又欲避其难乎？吾行何之？必死于此。”遂战死。庾信用此典故表示无路可行，只可自悲身世遭遇而已。

⑯“袁安”句：袁安，东汉人，官至司徒。《后汉书》本传载：“安以天子幼弱，外戚擅权，每朝会进见，及与公卿言国家事，未尝不噫呜流涕。”庾信用此典表示自己悲怆国事。

⑰“昔桓”句：《后汉书》载，桓谭，字君山。“著书二十九篇，号曰《新论》。”书言当时行事，有序。志事，记事。

⑱“杜元”句：杜预，字元凯，西晋人。卒赠征南将军。功成之后，耽思经籍，自称有《左传》癖，著有《春秋左氏经传集解》，书有序。平生，一生，终生。以上用桓谭、杜预两个典实，表明庾信将如桓、杜一样有所著述和加序，即指写《哀江南赋并序》。

⑲“潘岳”二句：从此句开始，概括点明著述之内容。潘岳，字安仁，西晋诗人。本集《潘黄门集》载其《家风诗》，末云：“义方既训，家道颖颖。岂敢荒宁，一日三省。”庾信用此典表明赋将陈述家世传统。

⑳“陆机”二句：陆机，字士衡，西晋文学家。著有《祖德赋》《述先赋》，称颂先世勋德。前赋有句云“伊我公之秀武”，后赋有句云“是故其生也荣”。庾信用此典表明赋将歌咏先世功业。

㉑ 二毛：白发黑发相间，用以称老人或早衰之人。

㉒ 丧乱：指侯景之乱。时庾信年三十六。

㉓ 藐是：犹言长此。藐，通“邈”，远。是，此。流离：流落他乡，离散亲人。

㉔ 暮齿：晚年。齿，年岁。庾信从侯景之乱始，辗转流走，后因出使而羁留北方，直至晚年，未得南归。

㉕“燕歌”二句：燕歌，即《燕歌行》，乐府题名，多为别离相思内容。庾信用此指侯景乱、江陵亡，流离北方之悲。

㉖“楚老”二句：《徐州先贤传》载“楚老，彭城之隐人也”。庾用此典，意谓在乱世不能为隐者，故有身不由己的遭遇，愧见楚老。

㉗“畏南山”二句：《列女传》载陶答子妻言，南山之玄豹，在大雾雨中不下山求食，为“藏而远害”。前句反用其典，意谓并非本意，为形势所

迫而出行。后句用申包胥事。《淮南子》载楚受吴侵，军情紧急，楚申包胥疾行七天七夜，到秦国请求出兵相救。庾用此典指受梁元帝派遣赴魏请兵。魏都长安，与战国时秦都同地，故曰“秦廷”。

㉘“让东海”二句：《史记》载战国时，齐田氏迁“康公于海上”，上句用此典指北周代魏。下句言己遂屈身仕周。周粟，周武王灭商，伯夷、叔齐不食周粟，饿死首阳山，不事二姓。此用其事，有自惭弗如之义。

㉙“下亭”二句：下亭，《后汉书》载，孔嵩受公府之辟前往京师，“道宿下亭，盗共窃其马”。又载梁鸿至吴国，依大户皋伯通，“居庑下”。后人作碣曰“作铭皋桥，万古是望”。以皋桥称梁鸿住处。赋中所称高桥，即皋桥，在今苏州阊门内。二句之“漂泊”“羁旅”互文见义。用孔嵩、梁鸿的典故写其漂泊北方，羁旅异地的经历和遭遇。

㉚“楚歌”二句：以歌不能取乐，酒不能消愁，言忧怀之深。楚歌，《史记·项羽本纪》载项羽被围垓下，“夜闻汉军四面皆楚歌”。鲁酒，《庄子》言“鲁酒薄而邯郸围”。

㉛“不无”二句：嵇康《琴赋序》云“称其材干，则以危苦为上；赋其声音，则以悲哀为主”，此二句造句、用词，或有所借鉴。此句言其赋以危苦悲哀为基调。

㉜“日暮”二句：意谓无前路可行，所遇是什么世道。此言侯景叛乱事。《史记·伍子胥列传》载伍子胥让人对申包胥说：“吾日莫途远，吾故倒行而逆施之。”司马贞《索隐》谓伍子胥原意是“譬如人行，前途尚远，而日势已莫，其在颠倒疾行，逆理施事”，此用其字面而略有改动。《庄子》有《人间世》篇，此用其语。侯景叛乱时，庾信三十六岁，任建康令，率兵守朱雀航。景攻破建康，庾信弃军逃往江陵。

㉝“将军”二句：《后汉书》载冯异每逢诸将并坐论功时，则独自避处于树下，军中称其为“大树将军”。庾信用此自指。“大树将军”本为一词，此则拆而为二，“将军”指统帅，“大树”则指部伍，用“将军一去”指自己为建康令，侯景攻入建康，乃奔亡。用“大树飘零”，指所部众兵溃散。亦

为对故典之奇用。

㉞“壮士”二句：《战国策》载荆轲为燕太子丹赴秦刺秦王，丹送至易水边相别，荆轲歌曰：“风萧萧兮易水寒，壮士一去兮不复还。”此用其事，言受梁元帝命出使西魏，一去无归。

㉟“荆璧”二句：《史记》载，秦昭王听说赵王得和氏璧，提出以十五城相换。赵王遣蔺相如持璧赴秦，相如见昭王赏玉而无偿城之意，乃言玉有瑕，指给昭王看，将玉骗回手中，持璧倚柱，意不偿城，将与玉同归于尽。此用其典，指出使西魏，西魏未再允归，故言“见欺”。

㊱“载书”二句：《史记》载赵平原君与楚合纵，楚王久而未决，毛遂捧珠盘直上殿阶至楚王前，楚王始与赵定合纵之盟。载书，盟书。珠盘，珠饰之盘，古时定盟时用以盛牛耳。此用其典，言出使西魏事。出使本来意在使西魏与梁元帝结盟，而未能达到目的，故言“捧珠盘而不定”。

㊲“钟仪”二句：《左传》载，楚伐郑，得钟仪，献给晋。晋君巡视军府，问“南冠而絷者”是什么人？答言“郑人所献楚囚”，问其职，乃伶人，与之琴，奏南音，晋范文子曰：“楚囚，君子也。”此用其典言已被羁留北方。

㊳“季孙”二句：季孙，季孙意如，春秋时鲁国大夫。为鲁国使臣赴晋，被拘。后晋欲放归，季孙以未言明受拘何罪，未肯归，晋将为其设馆于西河，使近河，季孙惧，乃归。庾信为使，未能归，故曰“留守西河之馆”。季孙为行人，即使臣，故此以季孙自指。

㊴“申包胥”二句：《左传》定公四年载，吴攻入楚国郢都，楚昭王逃往随国，申包胥疾行赴秦求救，“立依于庭墙而哭”，“七日”，秦乃发兵。包胥“九顿首而坐”。顿地，指叩头。碎之以首，夸张说法。庾用此典表明为元帝求救之真诚。

㊵“蔡威公”二句：《说苑》载蔡威公言“吾国且亡”，闭门哭泣，“泣尽而继之以血”。庾信用此典表明无力挽救江陵之灭，只能悲泣而已。

㊶“钓台”二句：《晋阳秋》载陶侃镇武昌时，曾令“课营种柳”，又言

“侃尝整阵于钓台”。事均在武昌，此即用武昌指江陵。庾信当时羁留长安，故有辽远玉关难望江陵之感。

㊷“华亭”二句：《世说新语》载晋陆机“河桥败，为卢志所谗，被诛。临刑叹曰：欲闻华亭鹤唳，可复得乎？”注引《八王故事》谓华亭在吴由拳县，陆机兄弟于此游乐十余年。庾用此典感叹不得再亲故乡风物。

㊸“孙策”二句：《三国志·吴书》载孙策承接父孙坚部曲，“平定江东”。《左传》载夏少康逃奔有虞“有田一成，有众一旅”，杜预注云“五百人为旅”。此言孙策以不多兵众割据江东，而奠定天下三分之业。

㊹“项籍”二句：项籍，即项羽，名籍，字羽。《史记》载秦末天下大乱，项羽与叔父项梁于吴中起事，“得精兵八千人”，及项羽败，笑曰：“籍与江东子弟八千人渡江而西。”故此称“人惟八千”。江东：指长江下游南岸地区，长江在安徽芜湖到江苏南京之间为西南、东北的走向，故称其以东的长江以南地区为江东。项羽起兵之吴，即在江东。

㊺“遂乃”二句：总说前两句，孙策与项籍均用不多人马即可分裂天下，割据一方。

㊻“岂有”四句：百万义师，指梁朝军队人数众多。卷甲，溃败解除武装。卷，收起。甲，指盔甲。芟夷，斩除草木。芟，除草。夷，铲平。指梁军被击溃屠戮，有如清除草木一样容易。

㊼“江淮”二句：江，长江。淮，淮河。二者本可为天险以阻敌兵，却全未起作用。亭壁，指壁垒。籓篱，篱笆墙。籓，同“藩”，篱笆。此句言壁垒还不如篱笆坚固。二句言梁朝几无武备可言。

㊽“头会”二句：头会箕敛，《汉书》注引服虔言“吏到其家，人人头数出谷，以箕敛之”。箕，簸箕，盛物器。敛，聚集收取。此以指梁末持重兵者。合纵缔交，指此类武人相互勾结。

㊾“锄耰”二句：耰，似耙而无齿的古代农具，用于碎土平田。棘矜，戟柄。此句谓草莽之人，乘便而起。梁朝末年，日益衰微。陈霸先起于平民，势力日盛。

(50)“将非”二句：因梁亡而言江表王气之数。秦时有望所者说，“东望，有天子气”，东，指江东一带，之后在此为王者有东吴、东晋、南朝之刘宋及萧齐，至梁之梁敬帝，近三百年，故言。

(51)“是知”二句：并吞六合，指统一天下。天、地加东南西北四方为六合。轵道，《史记》载汉刘邦军至霸上，秦王子婴“降轵道旁”。此言秦虽能统一天下，也不免投降的灾难。用此指梁元帝投降西魏。梁元帝即位江陵，平定侯景之乱，但终未脱降魏之祸。

(52)“混一”二句：混一，统一。车书，指车同轨（车轮的宽度），书同文（文字划一）。秦统一天下后采取的措施。平阳之祸，《晋书》载，西晋后期，晋怀帝永嘉五年，刘聪陷洛阳，“迁帝于平阳”，遇害。晋愍帝建兴四年，刘曜陷长安，送帝于平阳，亦遇害。此用以指侯景之乱，梁简文帝被害。

(53)“山岳”二句：《礼记》：“泰山其颓乎？”《国语》：“山崩川竭，亡之征也。”山崩，专指泰山崩摧，川竭，特指黄河干涸。庾信用此指自身正逢亡国之运。

(54)“春秋”二句：张衡《东京赋》：“春秋改节，四时迭代。”指岁月推移。迭代，彼此交替。去故，指离开故国故土。庾信用此指长羁北方。

(55)天意：天命。人事：人世上各种事情。

(56)凄怆：悲哀。

(57)“况复”二句：《博物志》载，旧说天河与海通，每年八月有浮槎去来，有人，多赍粮，乘槎而去，至一处，宫中多织妇。又“见一丈夫牵牛渚次饮之”，实即牵牛宿。此反用其事，言非乘槎可到。

(58)“风飙”二句：风飙，疾风，暴风。《汉书·郊祀志》载，战国时齐威王、齐宣王、燕昭王曾使人入海求“蓬莱、方丈、瀛洲”，“三神山”，山在渤海中，去人不远，但临近，“风辄引船而去，终莫能至”。此句与上句都是用典实言己南归之无望。

(59)“穷者”二句：穷，无路可通。《晋书》载王隐语曰：“古人……不遇，则以言达其才。”《韩诗序》曰：“劳者歌事。”此言自己将作赋以“达其言”，“歌其事”。

(60)“陆士衡”二句：陆士衡，陆机，字士衡。《晋书》载，陆机到晋都洛阳，打算作《三都赋》，听说左思已在作，“抚掌而笑”。并讥讽待其文成，“当以覆酒瓮”。待左赋面世，服其高，而辍笔不作。用此言已为此赋不惧耻笑。

(61)“张平子”二句：平子，张衡，字平子。《艺文类聚》载，班固见光武帝迁都洛邑，惧将超越都城制度，作赋假西都宾盛称长安旧制，“有陋洛邑之议”，“张平子薄而陋之”。用此谦称己赋即遭贬议亦所应当。

讲 析

庾信的《哀江南赋序》是说明《哀江南赋》写作缘由和主旨的一段文字。由于是用当时盛行的文体——骈文所写，加上作者为文喜欢用事，几乎句句有典，粗粗一看，未免令人望而生畏。但是只要大体了解作者的生平，弄清文章的脉络和典实的基本内容，便会豁然开朗，发现它并非只有碍手绊脚的典故，倒是一篇内容充实、形式精美的高妙感人的文章。

庾信原是南朝梁代的作家，后来流落北朝，一生经历很大的波折。他早年正赶上梁武帝承平之世，所谓“五十年中，江表无事”，他既出身于庾氏大族，又很富有才华，颇得梁朝统治者的赏识，被用为太子官属，出入东宫，是比较志满意得的。可是从三十六岁起，灾祸开始降临。这一年侯景叛乱，攻陷梁朝的都城建业（今南京）。他逃往梁江上游的重镇江陵。四十一岁时，梁元帝萧绎平定了侯景之乱，在江陵称帝，庾信受命做右卫将军，怀抱一腔热情期望梁朝可以由此中兴。次年奉命出使西魏，正当他身在西魏首都长安时，西魏出兵摧毁了梁元帝的政权，他的中兴之梦破灭了，从此便羁留北朝。他先在西魏做官，不久西魏被宇文氏的北周篡夺，又在北周任职。虽然他才华出众，文名甚高，西魏、北周都给他很高的荣宠，但毕竟是屈仕异国，违背自己的心愿，总不免故国乡关之思，内心是很痛苦的。当江陵破亡之后，梁朝的大将陈霸先等曾拥戴梁敬帝即位于建业，似乎还为梁朝留下一线希望，但不过三年，陈霸先便篡梁自立为陈朝，绝了梁统，庾信至此已无故国可归了。后来，陈朝与北周通好，南北流寓之人被准许回归旧国，但庾信却被北周留而不遣，他归还故土的希望也破灭了。古语说“物极必反”，庾信却看不到事情的任何转机，不能不发出“天道周星，物极不反”的沉痛哀叹。

晚年，庾信将重压在心头的这种家国身世之感，熔铸成一篇不朽的文学作品，这就是《哀江南赋》。《楚辞·招魂》中有句云：“魂兮归来哀江南。”梁武帝都建业，梁元帝都江陵，都是古楚国之地，故取其句意以为题，说明赋是哀悼故国沦亡之作，也是伤叹国破之后身羁异国的不幸身世之作。作者在赋中怀着亡国之痛，写梁朝一代的兴亡史；怀着伤往之情，写家世的盛衰和一己的飘零。《哀江南赋》包含了丰富的社会历史内容，被倪璠誉为“赋史”。用赋这种形式记叙一代兴亡，在庾信之前还没有过，是作者的一个创举。

《哀江南赋序》重点在说明作赋的缘由和主旨，自然与赋文密切相关。大体说来全文可以分为三个部分。

从首句至“咸能自序”为第一部分，总言作赋及序的动因。文章先用精练的语言将激起作赋之意的情事，即作者遭逢的家国与身世的不幸，高度集中地撮叙出来，囊括了作者一生最大的三件恨事——侯景之叛，西魏之兵，异国之羁。首六句言侯景之叛。金陵

（即建业）既破，一身逃亡，朝野也无不惨遭涂炭；次六句言西魏之兵。江陵既亡，遂使自己出使无归，故国也中兴无望；再六句言异国之羁。身滞异方而物极不反，唯有“悲身世”“念王室”之凄苦情怀而已。然后用桓谭、杜预“并有著书，咸能自序”两个典实落到本题，自己既然有如此撑胸牵肠的家国身世之感，自然应当学习桓、杜，著赋并序了。如此说明动因，水到渠成，自然而有力。

有了上一段总说，下面再用三段分别从身世之悲和国事之慨上具体展开，进一步分说。从“潘岳之文采”到“惟以悲哀为主”一段为第二部分，专言身世之悲。庾氏是一个名门世家，到庾信这一代开始凋零。赋中所云：“昔三世而无惭，今七叶而始落。”而且一落千丈，苦难重重，这自然是令人兴慨的。所以本段以潘岳作诗“述家风”、陆机为赋“陈世德”两个典实领起，继言自己中岁即遭丧乱，流离至于晚年。身失故国，远别乡关，滞羁异方，腼然为宦，愁怀苦绪，日夜萦心，歌不能为乐，酒不能解忧。这段文字写得字字血泪，摇人情思，催人泣下。最后落到“追为此赋”，而“以悲哀为主”，表明赋将写家世之盛衰，一身之不幸，并以哀悼为其基调。

从“日暮途远”到序文末尾的两段为第三部分，专言国事之慨。其中又可分为三层。至“岂河桥之可闻”为第一层，言出使西魏使命无成之憾事。庾信这次出使使命，史无明文记载。从序中用战国时毛遂说服楚王与赵定盟和春秋时楚申包胥赴秦求解楚难等典实来看，他显然是赴西魏约盟通好，以求摆脱国家的安全威胁。不过他没有达到目的，西魏反而出兵攻灭了江陵。文中先以出使西魏、有去无归的感慨领起，然后反用蔺相如完璧归赵以及毛遂定盟的故事，言使命无成，“受连城而见欺”，“捧珠盘而不定”。继用锺仪被俘遭受囚禁和季孙为使受晋拘押，言己身为使而实同囚徒的不利境地。

再用申包胥叩头至碎首和蔡威公泣尽继之以血，表明自己哀乞救国之至诚和无力挽救国家危亡的至痛。末联四句则伤叹徒然遥望乡关，再难亲接故国。使命无成，西魏兴戎，是关系梁朝兴亡的一件大事。从“孙策以天下为三分”至“将非江表王气，终于三百年乎”为第二层，言梁朝之最终灭亡。前十二句讲江陵之覆灭。开端用孙策、项羽以少量兵力而能分割天下反跌而起，然后陡接梁朝百万义师一朝溃灭无存，西魏几乎如入无人之境，不仅文章波折有势，亦见梁朝败亡之惨，没有国防之可言，批评之意，尽有不言之中。“头会”二句讲陈霸先等乘机而起，终于篡梁自立，使梁绝统，故以王气终于三百年作结。“是知并吞六合”以下为第三层，总抒梁亡之慨，落到作赋本旨。先以秦及西晋虽一统天下难免覆亡引起，继言既逢危亡之运，则难免去故之悲，更何况自己欲归无国，还乡无望，处于末路穷途，从而引到“穷者欲达其言，劳者须歌其事”。也就是说，国事之慨，穷者之哀，必须一吐方休，赋文的内容与作赋的必要性，自不言而喻。

赋前有一段序文，或说明写作原则，或交代写作背景和动机，这种体式从汉代就有了。但一般都是直言其意，意明而止。《哀江南赋序》不同，虽然其基本用意也在说明作赋的缘由和主旨，却不是直言讲出了事，而是将时时萦绕在心头、触起悲慨的情事，予以概括的形象的表现，并出之以抒情的笔墨，字里行间渗透着浓重的伤叹哀悼之情。整个看来，好像是《哀江南赋》的一个缩影，虽然属于赋的一个部分，却可以独立成篇，供人单独吟诵赏鉴。

这篇序文是用骈文写的。骈文作为美文的一种，无可非议，也是艺苑中的一花。不过这种体式要求字句两两成对，运用得好，可以精美动人，运用不好，则不免板拙无味。庾信此序可说是达到了骈文的高境，对句既精美工整，文笔又流荡自然。如“傅燮之但悲身世，无处求生。袁安之每念王室，自然流涕”，“山岳崩颓，既履危亡之运；春秋迭代，必有去故之悲”。像这一类抑扬有势、铿锵流美的对句，俯拾皆是。此其一。骈文由于采取对句，如果内质空虚，即使形式工巧，也会显得呆板而无生气。这篇序文既有丰富的现实内容，又有深挚的情感。充实的内容与激越的情感，化为文章内部潜流的气势，以气运骈，以情驱偶，使人只感到劲气内流，激情喷涌，而绝无骈句板滞之感，是形式与内容结合得比较好的。前人所说庾信骈语“采不滞骨，隽而弥洁”，正说明了这一点。此其二。这篇骈文在句式的运用上也极为灵活。双句对句有四六、六四、八四、四七、七四、五四等多种，单句对句也有四、七、九言不等。长短不齐的对句，错落相间，更迭交替，再加上适当采用虚词并间杂散句以使文气流畅，更使整个文章活脱流转、摇曳生姿。在这方面庾信发扬了曹植《求自试表》《求通亲亲表》等早期骈文的优良传统。此其三。

我国诗文，魏晋以来用事渐多，至南朝尤甚。《诗品》说：“大明（宋孝武帝年号）、泰始（宋明帝年号）中，文章殆同书抄。”用事，尤其是用僻典，会给诗文带来晦涩的弊端，但另一方面，用事也可以增加词语的内涵，简短词语之中包含着整个典实的内容，收到言简意丰之效。庾信这篇序文可以说达到了用事的高峰，用事的句子占压倒优势。抒情叙事要用故实一一比附说明，不仅需要丰富的学识，也需要很深厚的艺术功力。庾信的用事则达到了高妙圆熟的境地。首先是贴切传神，如“锺仪君子，入就南冠之囚；季孙行人，留守西河之馆”，用锺仪和季孙两个典实，把自己出使西魏、使命无成而西魏兴戎后作为使节独处敌国的那种艰危困敝的处境，逼真地显现出来。为了达到这种艺术效果，他用事很活。如毛遂定盟、蔺相如完璧归赵事都是反用。有时也加一点夸张，如申包胥事，史书只言“九顿首”，序文则言“碎之以首”，以表现为国乞救之至诚。其次，骈文用事又多一层要求，就是要将事化为工整的对语，庾信也善于灵活地选取典实的某种侧面，巧妙造语。如“并吞六合，不免轵道之灾；混一车书，无救平阳之祸”。上联取轵道，下联取平阳，轵道是秦王子婴投降之处，平阳是西晋怀帝、愍帝被俘遭害之地，成为工整的对仗。当然也有个别牵强成文的败笔，如“申包胥之顿地，碎之以首；蔡威公之泪尽，加之以血”，王若虚就指出上联之“碎之以首”“不成文”，其显然是为对“加之以血”而致。另外，庾信用事之造语，很注意词义的明晰，有一些高妙之句，即使不了解典实，也往往能从字面上粗明其意。如“下亭漂泊，高桥羁旅。楚歌非取乐之方，鲁酒无忘忧之用”，写漂泊流离的深忧；“舟楫路穷，星汉非乘槎可上；风飙道阻，蓬莱无可到之期”，写前途绝望的境地，无不如此。

总之，《哀江南赋序》在内容方面很有开拓性、创造性，在形式上，也足以代表六朝骈文所达到的艺术高度。

坎坷宦程　雅致意趣

——讲析王禹偁《黄州新建小竹楼记》

黄州新建小竹楼记

黄冈[1]之地多竹，大者如椽[2]。竹工破之，刳去其节[3]，用代陶瓦[4]。比屋皆然[5]，以其价廉而工省也。子城[6]西北隅[7]，雉堞圮毁[8]，蓁莽荒秽[9]，因作[10]小楼二间，与月波楼[11]通。远吞山光，平挹[12]江濑[13]，幽阒辽敻[14]，不可具状[15]。夏宜急雨，有瀑布声；冬宜密雪，有碎玉声；宜鼓琴，琴调虚畅；宜咏诗，诗韵清绝；宜围棋，子[16]声丁丁[17]然；宜投壶[18]，矢声铮铮[19]然，皆竹楼之所助也。

公退之暇，披鹤氅[20]，戴华阳巾[21]，手执《周易》一卷，焚香默坐，消遣世虑。江山之外，第[22]见风帆沙鸟、烟云竹树而已。待其酒力醒，茶烟歇，送夕阳，迎素月，亦谪居之胜概[23]也。彼齐云、落星[24]，高则高矣；井干、丽谯[25]，华则华矣，止于贮妓女[26]，藏歌舞，非骚人之事，吾所不取。

吾闻竹工云：竹之为瓦仅十稔[27]。若重覆之，得二十稔。噫，吾以至道乙未[28]岁自翰林[29]出滁上[30]；丙申[31]移广陵[32]；丁酉[33]又入西掖[34]；戊戌[35]岁除日[36]

有齐安[37]之命，己亥[38]闰三月到郡。四年之间，奔走不暇，未知明年，又在何处？岂惧竹楼之易朽乎！幸后之人与我同志[39]，嗣[40]而葺[41]之，庶斯楼之不朽也。

咸平二年[42]八月十五日记。

注释

① 黄冈：隋置黄州，黄冈为其州治，以东有黄冈山而得名。在今湖北黄冈。

② 椽：放在檩上承接屋顶的木条。

③ 刳去其节：将竹子剖开挖空削去竹节。

④ 陶瓦：用泥土烧制的屋瓦。

⑤ 比屋皆然：家家户户都是这样。比屋，屋舍相邻。然，如此。

⑥ 子城：附着于大城的小城。亦称瓮城、月城。

⑦ 隅：角落。

⑧ 雉堞：城墙上的墙垛子，呈锯齿状，有豁口，实处可作掩体，豁口可向外射击。圮毁：坍塌毁坏。

⑨ 蓁：通“榛”，丛生的荆棘。莽：茂密的草。荒秽：草木纵横乱生。

⑩ 因作：借其地而兴建。因，借其处。作，兴建。

⑪ 月波楼：楼名，黄州西北角的城楼。

⑫ 挹：舀取。

⑬ 濑：从沙石间流过的水。

⑭ 幽阒：清幽静寂。辽敻：辽远无际。

⑮ 具状：全部描写。

⑯ 子：围棋子。

⑰ 丁丁：拟声词。

⑱ 投壶：古代一种游戏，向圆壶中投射箭矢，以投中与否决胜负。

⑲ 铮铮：拟声词。

⑳ 鹤氅：用鸟羽制成的衣裘。

㉑ 华阳巾：一种道冠，也为隐士所用。

㉒ 第：但。

㉓ 胜概：风物佳境。

㉔ 齐云、落星：均为楼名。齐云楼，即古月华楼，五代韩浦所建，故址在今苏州。落星楼，三国孙权所建，楼高三层，故址在今南京东北。

㉕ 井干、丽谯：亦楼名。井干楼，汉武帝所建，在长安建章宫中，楼高五十余丈。丽谯楼，战国时魏国所建。

㉖ 妓女：歌女艺人。

㉗ 稔：谷物成熟。谷物一年一熟，因此也用以指年。

㉘ 至道：北宋太宗年号。乙未：以天干地支相配纪年的称谓，至道乙未为北宋太宗至道元年（995）。

㉙ 翰林：指翰林院。至道元年五月作者因议礼忤旨，由翰林学士外放为滁州知州。

㉚ 滁上：滁州在滁水北岸，所以称滁上。

㉛ 丙申：即乙未的次年，公元996年。

㉜ 广陵：指扬州，汉、唐时称为广陵，此用汉唐旧称。至道二年作者迁为扬州知州。

㉝ 丁酉：丙申的次年，公元997年。

㉞ 西掖：指中书省。至道三年作者被召还朝廷任知制诰。知制诰属中书省，汉代中书居尚书右曹，古人在方位上以西为右，故称西掖。

㉟ 戊戌：丁酉的次年，咸平元年，公元998年。

㊱ 除日：除夕。

㊲ 齐安：指黄州，唐代为齐安郡治所，此亦用古称。

㊳己亥：为戊戌之次年，公元 999 年。

㊴ 同志：同其志趣。

㊵ 嗣：继续。

㊶ 葺：修理整治。

㊷ 咸平二年：咸平，北宋真宗年号。咸平二年即己亥年，公元 999 年。

讲　析

王禹偁的《黄州新建小竹楼记》在通行本如《古文观止》等书中，题作《黄冈竹楼记》，文字小有出入。这里是采自宋人刊刻的作者本集《小畜集》。王禹偁是北宋初期比较有名的诗人和散文家。南宋人叶适说他的文章“简雅古澹”。即文字简洁，风格古朴淡雅，在当时还笼罩着五代浮靡文风的文坛上，这自然带有革新的气息了。所以林希逸说他在北宋散文家尹洙、穆修之前，“虽未能尽去五代浮靡之习，而意已务实”。

顾名思义，这篇文章是为竹楼作记的。但若以为只是记一所竹楼，便会读不到妙处。因为作者实际是借记楼以寓情抒慨。所以，读这篇文章，先应该了解其写作背景。王禹偁在宋太宗年间中进士后，曾任左司谏、知制诰、翰林学士等职。他为人刚直，做官正派，关心朝廷大事，勇于发表意见，因此宦途很不平坦。前后三次被贬官。最后这次贬为黄州知州，是因为参加撰写宋太祖《实录》，他坚持据实记载，触怒了宰相。这次贬官后，他写了一篇《三黜赋》明志，说：“屈于身而不屈于道兮，虽百谪而何亏！”就是说人可以不断被贬官，但是所守之道是不能摧折的，仍然倔强不屈。宋真宗咸平二年春，他来到黄州任上，利用城墙一角建了一座竹楼，并于八月中秋写了这篇记。宋人沈虞卿在作者文集后序中说，王禹偁在黄州于政事教化之外，“容与暇景，作竹楼、无愠斋、睡足轩以玩意”。以“无愠”“睡足”等名目来给轩斋命名，可以看出作者在达观放旷之中实寓不平不恭之意。故这篇竹楼记也不仅是记物事、状风云，而是通过记楼，描写一种潇洒放旷的生活情态，从而寄寓作者傲岸横眉的志怀。不过他表现得很含蓄、很深沉，要细心玩味，方能通其意，明其旨。

记，是文体的一种。《金石例》说：“记者，记事之文也。”一般说来，它用于记事。所以清代桐城派古文家姚鼐认为记也属于碑文一类。不过碑文重在称颂功德，记则比较自由，“所记大小事殊，取义各异”，应用范围较广，意义也不限于称颂。诸如楼阁寺观、官署学校、山川风物、琐事轶闻等，都可以入记。王禹偁这篇就是记楼的。这种体裁唐以后才开始盛行，唐代古文家韩愈、柳宗元都有一些佳篇。王禹偁这篇在艺术上便深受柳宗元山水游记的影响。

全篇文字层次分明。从开篇到“皆竹楼之所助也”为第一段，写建楼的缘起、竹楼的环境和特色。前七句为一层，大意是说，黄冈这个地方多生竹子，大的有椽子那么粗，竹工把它破开掏空，削去竹节，用其代替陶瓦盖屋，家家如此，因为它既便宜又省工。这是本文的开端，这个头开得很好。给竹楼作记，从竹谈起，很自然。这种毫无突兀之感、悠然而起的笔调，与全篇着重描写的清幽的境界、恬澹的情怀，在气氛上完全一致，为全篇奠定了基调。以竹发端，一开始便把我们带入一个竹的世界，不仅此地多产竹，而且家家竹瓦为屋，给人印象强烈，点题显豁，为写竹楼做了最好的铺垫。另外，世间以陶瓦营屋者习见，以竹瓦覆屋者终属稀有，事含新奇，从这里写起，虽笔墨平实，而有引人入胜之致。人们常说文章起头难，就在于它关系全篇。本文的开篇显示了多方面的意义，这个头是开得好的。

接下去到“不可具状”为第二层，由竹写到竹楼。这一层前五句写竹楼的兴造，在府城西北角城上的荒残之地，起造竹楼二间，与月波楼相通，交代清了竹楼的处所方位。在荒残的地方建楼，自不免一番清理工作。竹楼虽简，建造工程也需一番周折。但这些与表现主题无关，便都略去，见出作者注意文章的剪裁和用笔的惜墨如金。下面直接进入写楼的形胜。黄州所处地势之好，自古以来便是有名的。作者《黄州谢上表》说它“地连云梦，城倚大江”。张耒《明道杂志》也说它“西以江为固”。《齐安志》还说它“通接巴蜀，襟带湘汉”。就是说它矗立在长江边，连结古称云梦泽之地，与巴蜀湖湘相通。我们可以想见建筑在这座城上的竹楼所面对的江山胜概。对于胜概，作者只用了四句话来写，具有高度的概括力。“远吞山光”，即遥山在望。竹楼隔江与当时的武昌即今湖北鄂城一带山峦相对。元代龙仁夫《黄州路重修竹楼记》说：“过江武昌樊口诸山，蛟翔凤峙，森森献状。”可见对岸群山如龙腾凤立、争献雄姿的风貌，可以帮助我们体会这一句所写的境界。写远山而说“远吞山光”，隐隐以楼为出发点，使人有山色直射楼中之感，不仅遥山入目，而且秀色扑人，把山写活了，见出作者遣词造语妙状风物的用心。说“平挹江濑”，好像从楼上伸手便可以舀取江水一般，活画出楼峙江边、江涛起伏、波光摇漾直上楼头之态，炼语状物之妙，足与上句媲美。“幽阒辽敻”即清幽静寂，写竹楼环境的幽雅和视野的开阔，这三句之后，以“不可具状”一句为结，前三句均为实描，后一句为虚写。有了前三句，后一句不显得空泛；有了后一句，前三句也陡增余境无穷之味。虚实是结合得好的。

从“夏宜急雨”至本段末为第三层，写竹楼本身的胜处。专从声音之美上着眼，一连用六个“宜”字，从夏、冬、琴、诗、围棋、投壶多角度呈现出竹楼的妙处。“夏宜急雨”，夏天骤雨倾泻在竹瓦上，有飞瀑奔流之声。“冬宜密雪”，冬日密雪飘洒在竹瓦上，有碎玉裂琼之音。“宜鼓琴”，在楼中弹琴，琴音和美畅达。“宜咏诗”，在楼中吟诗，吟声格外清越。“宜围棋”，在楼中围棋，棋子反响叮咚。“宜投壶”，在楼中投壶，箭矢回声铮锹。所以说“皆竹楼之所助也”。竹楼本身胜处甚多，如色彩、形制等等，作者都弃而不取，只取其音声，这不仅写出竹楼为他种建筑所不具的独有特色，而且与表现主题密切相关。因为本篇重点在描写谪居胜概，写竹楼的形色不如写其音声能牵连展示更多的幽雅闲适的生活情趣，诸如弹琴吟诗，围棋投壶，赏玩雨雪佳胜等，这里又见出作者取材的匠心。到这里，竹楼不仅以其别致的建筑，而且以其清雅幽隽的境界，矗立在人们面前，无异人间的一个桃源胜境，这就为下一段描写谪居胜概创造了最好的环境和气氛。

从“公退之暇”到“吾所不取”为第二段，抒写谪居胜概及傲世情怀。从本段开端到“亦谪居之胜概也”为一层，写公余以竹楼为消遣的生活情态，是谪居胜概的正文。“披鹤氅”，披上用鸟羽制成的衣裘，这是有典故的，《世说新语·企羡》篇载，王恭披“鹤氅裘”在雪地中行走，人见之，叹为“神仙中人”。作者着意点染公事之余这一种高雅脱俗的服饰，虽只两句，却立刻在我们面前出现一个与公堂朝服截然不同的潇洒闲淡的人物形象。接着点出手执《周易》，也是含有深意的。古人认为《周易》是排解忧患的书。司马迁《史记·太史公自序》说：“西伯拘羑里，演《周易》。”认为《周易》

是西伯周文王被殷纣王拘囚在羑里时推演而成。《周易·系辞》也说："作《易》者，其有忧患乎！"所以作者特别点出焚香默坐，读《周易》以消遣世虑，也就是消解宦海风波的种种忧患。而当万虑皆遣以后，举目四望，则满眼清景：除浩荡大江、缥缈远山之外，只见舟鼓风帆，鸟翔沙际，绿林青竹，云烟氤氲，不禁使人心旷神怡，对景扬杯。待到酒力消退，清茶一盏，西送夕阳落山，东迎素月出岭，看彩霞变为月光，清景化为夜色，真个是逸兴干云，胜情独往，这是何等的生活境界！能不称为"谪居之胜概"吗？读《周易》、醉酒、玩景、品茶，自然只是一种消遣，但这种消遣不正暗示着心境的不平么！

"彼齐云、落星"以下是第二层。齐云、落星、井干、丽谯，都是楼名。齐云楼，五代韩浦所建；落星楼，三国孙权所建；井干楼，汉武帝建；丽谯楼，战国时魏国所建。"高则高矣""华则华矣"二句互文见义，说的是四座楼都高峻华美。但那些楼充斥一些有歌舞伎艺的女子，不是"骚人"雅士之事。对华楼歌舞说上一句"吾所不取"，其中含有多少对庸俗富贵的轻蔑！作者守道遭贬，这里不正隐含着对无道居位者的鄙视吗？吴楚材说这几句"借四楼反照竹楼，以我幽冷，傲彼繁华"，深得文旨。文章有了这一层，思想进一步升华了。

最后一段以写对竹楼的眷眷深情收结。听竹工说，竹瓦仅能支持十年，重新翻盖一次，可得二十年。由这里很自然地触发作者四年中数移其地的宦途感慨，从而插入奔波不定的贬谪生活经历，为上文抒发的情怀补足事实的依据，文章可以说结构得天衣无缝。至道是宋太宗的年号。古人以干支纪年，文中出现的乙未、丙申、丁酉、戊戌、己亥五个干支是前后相续的五个年份。乙未是至道元年，这年五月作者因议礼忤旨，由翰林学士外放为滁州知州。丙申是至道二年，作者迁为扬州知州。丁酉是至道三年，这年三月宋太宗死，真宗即位，作者被召还朝廷任知制诰。戊戌为真宗咸平元年，这年年底作者被贬黄州。己亥是咸平二年，这年闰三月作者到达黄州任上。以如此转徙不定的宦途推论，明年又不知将在何地，哪里还怕竹楼的易朽呢！所以只是希望后来之人能与自己同其志趣，继自己之后加以修葺，庶几竹楼可以长传不朽。用对竹楼的眷眷深情结尾，使得文章余韵悠然。最末一行是自署作记年月，一般通行本都删去不载。

从上面分析中可以看到这篇文章层次分明，结构严谨，选材精审，语言洗练，段落承接自然，起头结尾都别具匠心，但其妙处，还不止此。

宋代有人说王安石称赞这篇文章胜过欧阳修的《醉翁亭记》，黄庭坚说王安石"评文章，常先体制，而后文之工拙"，认为王的这个评论是从体制上说的。评论颇为中肯。的确，这篇文章是符合记的正格的。它为竹楼作记，自始至终笔墨都没有离开竹楼，不像《醉翁亭记》，言亭甚少，借题发挥居多。这固然是本文的一大特点，但其动人处却不在此。相反，恰恰在于他不就楼言楼，而是借楼寓怀。文章正面是写竹楼，实际重点是在借竹楼以娱意，着重描写的是在竹楼中消遣世虑的生活情态，而这种情态中便隐含对不平遭遇的傲岸和骨鲠。文章把情与物结合起来了。寓抒情于叙事之中，情附于物，物尽含情，所以读来楚楚动人。

由于重在写情，使物也凭空增色。据陆游《入蜀记》记载，竹楼并不是什么精美的建筑，而是"规模甚陋"的，以至陆游当时不禁发出疑问："不知当王元之（禹偁字元之）时亦止此邪?"其实陆游所见的是事实上的竹楼，文中展示的则是经过作者感情熔冶过的竹楼，是王禹偁眼中和意中的竹楼。它已是艺术创造之物，凭空增添上许多幽美的意境，以寄寓作者的情怀。这种写法，深得柳宗元以清隽山水寄寓贬谪异方的孤凄耿介心境之妙，使得表情含蓄，意味隽永。

写情真切传神也是本文的突出之点。如“公退之暇”一段，只以简洁的白描笔墨勾画出公事余暇登楼消遣的生活情态，而贬谪生活中的复杂心绪以及洒脱旷达的胸怀，尽在不言之中，耐人寻味。无一语及情，却无一情不显，这就在于作者追求一个真字，不矫情作态，只求情真景真，自然真切，故浓郁深醇，传神而感人。

笔笔皆事　字字均情

——讲析归有光《项脊轩志》

项脊轩志

项脊轩[1]，旧南阁子也。室仅方丈[2]，可容一人居。百年老屋，尘泥渗漉[3]，雨泽[4]下注；每移案[5]，顾视无可置者[6]。又北向[7]，不能得日，日过午已昏。余稍为修葺[8]，使不上漏；前辟四窗，垣墙周庭[9]，以当南日[10]，日影反照，室始洞然[11]。又杂植兰桂竹木于庭，旧时栏楯[12]，亦遂增胜[13]。借书满架，偃仰啸歌[14]，冥然兀坐[15]。万籁[16]有声，而庭阶寂寂，小鸟时来啄食，人至不去。三五之夜[17]，明月半墙，桂影斑驳[18]，风移影动，珊珊[19]可爱。

然予居于此，多可喜，亦多可悲。先是，庭中通南北为一，迨诸父异爨[20]，内外多置小门墙，往往而是[21]。东犬西吠[22]，客逾庖而宴[23]，鸡栖于厅[24]。庭中始为篱，已为墙，凡再变矣[25]。

家有老妪[26]，尝居于此。妪，先大母[27]婢也，乳二世[28]，先妣[29]抚[30]之甚厚[31]。室西连于中闺[32]，先妣尝一至。妪每谓予曰："某所而[33]母立于兹。"妪又曰："汝姊在吾怀，呱呱[34]而泣，娘以指扣门扉[35]曰：

‘儿寒乎？欲食乎？’吾从板外相为应答。”语未毕，余泣，妪亦泣。

余自束发[36]，读书轩中。一日，大母过[37]余曰：“吾儿，久不见若[38]影，何竟日[39]默默在此，大类女郎也？”比去[40]，以手阖门[41]，自语曰：“吾家读书久不效[42]，儿之成则可待乎？”顷之[43]，持一象笏[44]至，曰：“此吾祖太常公宣德间执此以朝[45]。他日汝当用之。”瞻顾遗迹，如在昨日，令人长号[46]不自禁。

轩东，故[47]尝为厨，人往，从轩前过。余扃牖[48]而居，久之，能以足音辨人。轩凡四遭火，得不焚，殆[49]有神护者。

项脊生[50]曰：蜀清守丹穴，利甲天下，其后秦皇帝筑女怀清台[51]；刘玄德与曹操争天下，诸葛孔明起陇中[52]。方[53]二人之昧昧[54]于一隅[55]也，世何足以知之？余区区[56]处败屋中，方扬眉瞬目[57]，谓有奇景；人知之者，其谓与坎井之蛙[58]何异？

余既为此《志》[59]，后五年，吾妻来归[60]。时[61]至轩中，从余问古事[62]，或凭几学书[63]。吾妻归宁[64]，述诸小妹语[65]曰：“闻姊家有阁子[66]，且何谓阁子也？”其后六年，吾妻死，室坏不修。其后二年，余久卧病无聊，乃使人复葺南阁子，其制[67]稍异于前。然自后余多在外，不常居。庭有枇杷树，吾妻死之年所手植也。今已亭亭如盖矣。

注　释

①项脊轩：作者书斋名。轩，有窗的小屋子。

②方丈：一丈见方，形容狭小。

③尘泥渗沩：指屋顶墙头泥土流失。渗漉，水下流貌。

④雨泽：雨水。

⑤案：此指桌子。

⑥无可置者：没有可以摆放的地方。

⑦北向：面北，朝北。

⑧修葺：修缮。葺，以茅草覆盖房屋。

⑨垣墙：围墙。周庭：环庭一周。

⑩以当南日：对着南面的太阳。当，对着。

⑪洞然：明亮的样子。

⑫栏楯：栏杆。栏杆上的横木称楯。

⑬增胜：增美。胜，美景。

⑭偃仰啸歌：偃仰，躺着，仰卧。啸歌，长声吟诵。啸，撮口发出悠长的声音。此句描写优游自得的生活情态。

⑮冥然兀坐：冥然，无声的样子。兀坐，独自端坐。承接上句意谓有时仰卧吟咏，有时无声独坐。

⑯籁：从孔穴中发出的声音，泛指声音。

⑰三五：指阴历每月的十五日。

⑱斑驳：零乱错杂的样子。

⑲珊珊：摇曳多姿的样子。

⑳“迨诸父”句：迨，等到。诸父，对同宗族伯叔父的通称。异爨，指分家单过。爨，烧火做饭。

㉑往往而是：到处都是。

㉒ 东犬西吠：犬见生人则吠，指家家相邻太近，西家来了客人，东家的狗也叫。

㉓ 客逾庖而宴：亦描写家家紧邻，有时此家的来客得穿越他家的厨房赴宴。

㉔ 鸡栖于厅：描写居处的褊窄，没有鸡窝，鸡也栖息在厅堂里。

㉕“庭中”三句：意谓各家开始以篱笆相隔，后来变为墙，已经两度变化。已，已而，随后。

㉖ 老妪：老年妇人。

㉗ 先：对已去世人的称谓。大母：祖母。

㉘ 乳：指奶养。二世：两代，指两代孩子。

㉙ 妣：称已故的母亲。

㉚ 抚：关照，爱抚。

㉛ 厚：丰厚。

㉜ 中闺：里面的内室。

㉝ 而：通“尔”，你。

㉞ 呱呱：象声词，小儿哭声。

㉟ 门扉：门扇。

㊱ 束发：把头发盘在头顶上为髻，古代男孩十五岁做此发式，表示成童，一说八岁。

㊲ 过：访，此为探视之义。

㊳ 若：人称代词，你。

㊴ 竟日：终日。

㊵ 比去：待到离开。

㊶ 阖门：把门扇合拢。

㊷ 效：见效。指中科举做官。

㊸ 顷之：一会儿。

㊹ 象笏：象牙笏板。明代四品以上官员所持。笏，大臣上朝所持的手

板，可以在上面记事备忘。

㊺“此吾祖”句：太常公，指作者祖母的祖父夏昶，善书法绘画，明成祖永乐年间（1403—1424）进士，官至太常寺卿。宣德，明宣宗朱瞻基年号，公元1426—1435年。

㊻长号：大哭。

㊼故：过去。

㊽扃牖：关窗。扃，门栓，意为关。牖，窗户。

㊾殆：差不多，大概。

㊿项脊生：作者自指。

51“蜀清”三句：清，人名。秦时蜀地巴邑人，寡妇，先人经营丹砂矿致富，她“能守其业，用财自卫”，秦始皇视为贞妇，为之筑“女怀清台”以示尊崇。丹穴：丹砂矿。利，获利。甲天下，天下第一。见司马迁《史记·货殖列传》。

52“刘玄德”二句：刘玄德，即刘备，字玄德。曹操，字孟德，后汉献帝朝丞相。诸葛孔明，即诸葛亮，字孔明。汉末天下大乱，刘备屯扎在新野，与曹操对峙，当时诸葛亮隐居在隆中，刘备三顾茅庐，将他请出山。后来，他帮助刘备创建了蜀汉王朝。陇中，陇亩之中。当时诸葛亮隐居躬耕，故云起陇亩之中。

53方：当，指当时。

54昧昧：昏暗，冥冥。此处引申为不为人知之义。

55隅：角落。

56区区：微小，不重要。

57扬眉瞬目：描写得意的样子。瞬目，眨眼。

58坎井之蛙：喻指闻见寡陋。坎井，浅井。坎，小坑，低陷之处。

59《志》：即《项脊轩志》。以下文字为五年后缀记。

60归：女子出嫁称归。

61时：时常。

⑥② 古事：故事，旧事，过去的事。

⑥③ 凭几学书：伏在桌上练字。凭，依。几，小桌子。学书，学习写字。

⑥④ 归宁：回娘家探视父母。

⑥⑤ 述诸小妹语：转述妻妹们的话。

⑥⑥ 阁子：项脊轩旧为南阁子，故称阁子。

⑥⑦ 制：规制。

讲　析

“志”是一种记事的文体，使用范围很广。本文即写项脊轩的来源、形制以及与轩相关的一些情事。项脊轩是作者的书斋，作者宅院里的建筑非只一处，专选书斋作志，这个选择十分高明，给本志的内容开拓了广大的天地。文章包括的情事相当琐细繁杂，有项脊轩的来源、形制，有作者读书的情景，有家族的合分变化，有祖孙三代生活的一些细节，如果平铺直叙，一一叙来，难免显得细碎无统。而以轩为轴心，便得其环中，将散文整合为一，叙来自然有序，内容繁杂而形不散漫。就像一盘散沙似的珠子，用一条绳子串了起来，成了优美的珠链。

作者的叙事文笔，具有鲜明特色，从叙事态度上说，平实自然，不强调，不夸张，如小溪流水，汩汩而出，如谈家常；从描写的笔墨来说，运笔工巧，语简而事明，又不落常套，富有创造性。如写百年老屋的破旧狭小，言“雨泽下注；每移案，顾视无可置者”，下雨时，屋顶漏水，想把书桌搬移躲避一下，竟找不到一个可以安放的地方，其老旧褊窄的情状如见。又如写房子北向背光，过午即昏暗，言“前辟四窗”，开了四扇窗户，以便采光，还不只此，又言“垣墙周庭，以当南日，日影反照，室始洞然”，还特地做了一道围墙，正对着南面的太阳，用反光把屋子照亮，其背光早昏的情状活现纸上。又如写“庭阶寂寂”情况，言“小鸟时来啄食，人至不去”，可见院子的常年安静，人与鸟已经融洽合谐。其描写笔墨往往如此传景真切，而生动有味。

作者善择细节表现生活内容，生动引人。如全家原本是一个大庭院，但父辈分了家，各设置起小门墙。文中说“东犬西吠，客逾庖而宴，鸡栖于厅”。西家来了客人，东家的狗以为是去东家，也叫起来，可见庭院分割之后密迩紧邻的情景。又如祖母的老婢，对作者说的一段话，忆祖母及母亲往事，细腻逼真：“室西连于中闺，先妣尝一至。妪每谓予曰：‘某所而母立于兹。’妪又曰：‘汝姊在吾怀，呱呱而泣，娘以指扣门扉曰：‘儿寒乎？欲食乎？’吾从板外相为应答。’语未毕，余泣，妪亦泣。”叙事之文写琐事，《史记》已有，如《项羽本纪》的垓下之战、霸王别姬等片段，但均非日常生活细节。此则为平常人生活细事。故评论者说归有光之文有小说笔墨。此等处，实为归有光为古文领域开拓的新天地。

全文主导倾向是记事，但饱含作者对经历的生活的怀念与感慨深情。而没有一点言情的叫嚣，只轻轻一点，“多可喜，亦多可悲”，而其可喜之喜，可悲之悲，尽深寓叙事之中。“借书满架，偃仰啸歌，冥然兀坐。万籁有声”，激荡着悠然自得之喜；“三五之夜，明月半墙，桂影斑驳，风移影动，珊珊可爱”，洋溢着赏心悦目之乐。又如写妻子死后，项脊轩的情况：“其后六年，吾妻死，室坏不修。其后二年，余久卧病无聊，乃使人复葺南阁子，其制稍异于前。然自后余多在外，不常居。”无一语及悲，而读来已似看到作者泪眼欲滴的景况。

书表篇

忠心眷眷　教诫谆谆

——讲析诸葛亮《出师表》

出师表

先帝[1]创业未半，而中道崩殂[2]。今天下三分[3]，益州疲弊[4]，此诚危急存亡之秋也。然侍卫之臣不懈于内，忠志之士忘身于外者，盖追[5]先帝之殊遇[6]，欲报之于陛下也。诚宜开张圣听[7]，以光先帝遗德，恢弘[8]志士之气[9]，不宜妄自菲薄[10]，引喻失义[11]，以塞忠谏之路也。

宫中府中[12]，俱为一体，陟罚臧否[13]，不宜异同。若有作奸犯科[14]及为忠善者，宜付有司[15]论其刑赏，以昭陛下平明之理，不宜偏私，使内外[16]异法也。

侍中、侍郎郭攸之、费祎、董允[17]等，此皆良实，志虑忠纯，是以先帝简拔[18]以遗陛下。愚以为宫中之事，事无大小，悉以咨之，然后施行，必能裨补阙漏，有所广益。将军向宠，性行淑均[19]，晓畅军事，试用于昔日，先帝称之曰能，是以众议举宠为督[20]。愚以为营中之事，悉以咨之，必能使行陈[21]和睦，优劣得所。亲贤臣，远小人，此先汉[22]所以兴隆也；亲小人，远贤臣，此后汉所以倾颓也。先帝在时，每与臣论此事，未尝不叹息痛恨于桓、灵[23]也。侍中、尚书、长史、参军[24]，此悉贞良死节[25]之臣，愿陛下亲之信之，则汉室之隆，可计日而待也。

臣本布衣，躬耕于南阳，苟全性命于乱世，不求闻达于诸侯。先帝不以臣卑鄙[26]，猥自枉屈[27]，三顾臣于草庐之中，谘臣以当世之事，由是感激，遂许先帝以驱驰[28]。后值倾覆，受任于败军之际，奉命于危难之间，尔来二十有一年矣[29]！先帝知臣谨慎，故临崩寄臣以大事也。受命以来，夙夜[30]忧叹，恐托付不效，以伤先帝之明。故五月渡泸[31]，深入不毛[32]。今南方已定，兵甲已足，当奖率三军，北定中原，庶竭驽钝，攘除奸凶，兴复汉室，还于旧都[33]。此臣所以报先帝而忠陛下之职分也。至于斟酌损益，进尽忠言，则攸之、祎、允之任也。

愿陛下托臣以讨贼兴复之效；不效，则治臣之罪，以告先帝之灵。若无兴德之言，则责攸之、祎、允等之慢，以彰其咎。陛下亦宜自谋，以谘诹善道，察纳雅言[34]。深追先帝遗诏，臣不胜受恩感激，今当远离，临表涕零，不知所言。

注 释

① 先帝：去世的皇帝，指蜀汉先主刘备。

② 崩殂：古代称帝王之死。

③ 三分：指魏、蜀、吴三国鼎立。

④ 益州：汉代州名，包括今四川及陕西、云南一部分，为当时蜀汉所在之地。疲弊：军队疲惫，物资困乏。

⑤ 追：追念。

⑥ 殊遇：非常的厚遇。

⑦ 开张圣听：扩大皇上的听闻，意思是鼓励臣子进言，广泛听取意见。圣，对帝王的尊称，指后主刘禅。

⑧ 恢弘：扩大弘扬。

⑨ 志士之气：追求事业之壮志。

⑩ 妄自菲薄：自暴自弃。

⑪ 引喻失义：以不恰当的称引前人事例为借口，阻塞忠言。

⑫ 宫中：指宫禁内庭。府中：指政府朝廷。

⑬ 陟罚：奖升与降罚官吏。臧否：褒贬人物。臧为表扬，否为批评。

⑭ 犯科：触犯法律科条。

⑮ 有司：指职掌其事的官府。

⑯ 内外：内指宫中，外指府中。

⑰ 侍中、侍郎：都是帝王身边侍臣的官名。郭攸之、费祎：当时为侍中。董允：当时为黄门侍郎。

⑱ 简拔：挑选提拔。

⑲ 淑均：贤良公平。

⑳ 督：武官名，可督导指挥多处军队。

㉑ 行陈：军队行列。陈，同“阵”。

㉒ 先汉：即前汉，西汉。下文后汉指东汉。

㉓ 桓、灵：东汉末期之桓帝、灵帝。他们宠信宦官，排抑贤良，政治腐败，酿成了汉末大乱。

㉔ 侍中：指郭攸之、费祎。尚书：指陈震。长史：指张裔。参军：指

蒋琬。这里都是以其当时所任官职指其人。

㉕ 死节：为保全节操而死。

㉖ 卑鄙：出身低微，学识浅陋。

㉗ 猥自枉屈：指刘备降低自己的身份屈驾前来。

㉘ 驱驰：奔走效力。

㉙“后值倾覆”四句：后汉献帝建安十二年（207），诸葛亮被刘备敦请出山，次年曹操攻荆州，刘备在樊（今湖北襄阳），于南逃中亦为曹操所败。诸葛亮乃请命出使东吴，联合孙权以抗曹兵。故云受任败军之际，奉命危难之间。从建安十二年至写表本年，共二十一年。

㉚ 夙夜：日夜，朝夕。

㉛ 五月渡泸：泸即今金沙江，流经今四川南部与云南交界处。蜀后主建兴元年（223），南中诸郡叛乱，三年，诸葛亮统军南征，至秋平定。渡泸即指此役。

㉜ 不毛：不长庄稼的未开辟之地。

㉝ 旧都：指西汉都城长安、东汉都城洛阳。蜀汉以承汉统自居，故称重新统一天下为“还于旧都”。

㉞ 雅言：正确言之。

讲　析

本篇最早见于《三国志·蜀书·诸葛亮传》。传中仅言诸葛亮拟挥师北上，“临发上疏”云云，并无题名。题名显然是后人依据情事拟加。不过本篇尾部明言“临表涕零”，则原为表体无疑。汉代大臣书通天子，分为章、奏、表、驳议四类。《文心雕龙》说“表以陈请”，《文选》注说“陈事曰表”，“表”大体是用以“陈达情事”（吴讷《文章辨体》）。本篇陈事既明，陈情又挚，自然具有典范的意义。

表文写于蜀汉后主刘禅建兴五年（227）。五年前，先主刘备故去，诸葛亮接受顾命，辅佐幼主，肩起兴汉大业。他先于一年多以前，平定了南方四郡的叛乱，如今“南方已定，兵甲已足”，便要挥师北向了。临行前写下此表，前半谆谆叮嘱刘禅，清明为政，办好蜀中事务；后半请求刘禅，准他北上，进图中原。如此简单情事，却写来楚楚动人，其中颇有奥妙。

诸葛亮与蜀主刘氏有不同寻常的关系，绝非一般君臣之比。汉末大乱时，诸葛亮隐身垄亩，刘备三顾茅庐将他请出，从此共同艰难创业。刘备拜他为军师将军，倚重不移，他对刘备也精忠不懈。主臣相得，义重情深。刘备曾亲口说过，他之有诸葛亮，“犹鱼之有水”。所以李白诗云：“鱼水三顾合，风云四海生。”刘备称帝，即拜诸葛亮为丞相；临危时，又以全部国事相托，甚至推心置腹地对诸葛亮说，其子刘禅可辅则辅之，若其不才，可以“自取”，并诏告刘禅事之如父。信托之深，爱重之至，自古罕有。诸葛亮也发自内心，感戴知遇之恩、顾命之诚，怀抱深情厚爱，一心辅佐刘禅，实现刘备“兴复汉室，还于旧都”的遗志。表中所谓“受命以来，夙夜忧叹，恐托付不效”，可见其时时系心、兢兢业业之状。刘禅即位时只有十七岁，这时虽然还没有像诸葛亮死后，一味宠信阉宦，闹到昏乱不堪的地步，但基本上是一个柔弱而不明事体的孩子，表文中劝他不要“妄自菲薄，引喻失义”，就是明证。尽管如此，因为有刘备那一层关系，诸葛亮还是竭忠尽智想把他扶植培养成一位明主。所以表文中前半部对后主刘禅抱有厚望深期之怀，后半部则对先主刘备怀有知恩图报之心，全篇无论其言是否直接及情，莫不出于厚爱之至情，整个文章笼罩在抚今追昔的浓重感情之中。事与情融而为一，事基于情而出，情附于事而显，事不孤行，情不虚立，与那种单纯客观言事之文迥异。正是那字里行间滚动的挚情，感人至深。此其一。

《三国志》著者陈寿评论诸葛亮说："连年动众，未能成功，盖应变将略，非其所长欤！"以为他"治戎为长，奇谋为短"。但也不能不盛赞其"理民之干"，实为"识治之良才，管、萧之亚匹"，说他"庶事精练，物理其本，循名责实，虚伪不齿"。诸葛亮深明政理，识见超卓，是一向为人们公认的。他出山前著名的"草庐对"，对天下形势了如指掌，天下三分的预言，完全为后来的实践所证实。本篇前部对刘禅的建言，可谓句句中的，极善提纲挈领，抓住要害：广开言路，公平执法，亲贤远佞。眉目清楚，事理分明。刘禅即位后，以其年幼乏识，"政事无巨细，咸决于亮"。现在诸葛亮要离蜀远去，自然重要的莫过于亲贤臣，远小人，这是其他一切的前提与基础，没有它，开言路、公执法都必然付之东流，故篇中于此点亦三致意。既分"宫中之事""营中之事"仔细叮咛，又分别列举可以依倚的贤臣，并尖锐指出此点为两汉兴衰之关键。言事的明透，不仅足为轨范，而且体现着作者高瞻远瞩的眼光，使文章具有高屋建瓴之势，虽平淡叙事，而无柔弱乏气之感。此其二。

本篇章法亦妙。文章以"臣本布衣"为界分前后两个部分。按事理而言，以后部为开端，从受知于刘备叙起，亦无不可。由受知到顾命，再由奉行遗志的南征北伐到行前对刘禅的进言，顺理成章。但如此用笔，则未免平铺直叙，缺乏曲折波澜。如今将后事置前，以"先帝创业未半，而中道崩殂"凭空喝起，峭拔有势；而此句内含深慨，陡然迸发而出，更使句势力劲气遒，并隐以当承先帝遗志续成大业的高怀远志笼贯全篇，巍然有神。紧接此句，以危急存亡之秋警之以势，以内外诸臣忘身不懈动之以情，摇曳多姿，再接到几点建白，便不平不板。待到转接后部承遗志、谋中原时，却又从追述知遇的历史叙起。舒徐的笔调，怀往的柔情，使人感到好像走出崇山峻岭，忽逢清流小溪，章法上确实有山回路转、柳暗花明之妙。而由此细源，渐成广流，由知遇而顾命，由顾命而“渡泸”，由“渡泸”而“北定”，终于推至“攘除奸凶，兴复汉室，还于旧都”的高潮。篇章结构上的这些匠心安排，使得文章摇曳不平，顿挫有致。此其三。

孙月峰评此文说：“真实事情，全无藻饰。”又说它“平平说去”，“真可谓平淡之极”。郭明龙也说：“忠义自肺腑流出，古朴真率，字字滴泪，与日月争光，不在文章蹊径论也。然情至而文自生。”都认为此文平淡古朴，不求藻采，而以真率胜。真事真情，平平道出，其文自好。这都是极中肯綮的评论。古今文章贵真，真不仅挚情动人，而且只有真，才能充分展露生活的丰富性。现实生活，纷纶万象，千差万别，各具特点。以本篇来说，大的范围自然属于臣子向君主上书，但由于诸葛亮对蜀汉事业发展的特殊作用，他与蜀主的君臣关系、感情、地位都不同于一般的君臣，因此说起话来，腔调口气自有不同，是对君上的进言，但又带有父执的训育、教诲的威严。因其与刘备的一段关系，篇中弥漫一股抚今追昔感慨激发的气氛，更非具有作者独特经历的人莫为。总之，本篇因为真，不只文中有事，而且文中有人，有一个活生生的诸葛亮在。文中有人，便气韵生动，个性分明，非一般文字所可比拟了。陆游《游诸葛武侯书台》说：“出师一表千载无。”何止其人世所稀有，其文亦后世罕见。

优柔叙怀　深挚评文

——讲析曹丕《与吴质书》

与吴质书

二月三日丕白[1]：岁月易得[2]，别来行复[3]四年。三年不见，《东山》犹叹其远[4]，况乃过之，思何可支[5]！虽书疏往返，未足解其劳结[6]。

昔年疾疫[7]，亲故多离[8]其灾。徐、陈、应、刘[9]，一时俱逝，痛可言邪！昔日游处，行则连舆[10]，止则接席[11]，何曾须臾相失！每至觞酌流行[12]，丝竹[13]并奏，酒酣耳热，仰而赋诗，当此之时，忽然不自知乐也。谓百年已分[14]，可长共相保，何图数年之间，零落[15]略尽，言之伤心，顷撰其遗文，都[16]为一集。观其姓名，以为鬼录，追思昔游，犹在心目。而此诸子，化为粪壤，可复道哉！

观古今文人，类不护细行[17]，鲜能以名节自立。而伟长[18]独怀文抱质，恬淡寡欲，有箕山之志[19]，可谓彬彬君子[20]者矣。著《中论》二十余篇[21]，成一家之言，辞义典雅，足传于后，此子为不朽矣。德琏[22]常斐然[23]有述作之意，其才学足以著书，美志不遂，良可痛惜。间者[24]历览诸子之文，对之抆[25]泪。既痛逝者，行[26]自念也。孔璋章表[27]殊健，微为繁富。公幹[28]有逸气，但未遒[29]耳。其五言诗之善者，妙绝时人。元瑜书记翩翩[30]，致足乐也。仲宣续[31]自善于辞赋，惜其体弱[32]，不足起其文[33]。至于所善，古人无以远过。昔伯牙绝弦于锺期[34]，仲尼覆醢于子路[35]，痛知音之难遇，伤门人之莫逮[36]，诸子但[37]为未及古人，自一时之隽[38]也。今之存者，已不逮矣，后生可畏，来者难诬，然恐吾与足下不及见也。

年行[39]已长大，所怀万端，时有所虑，至通夜不瞑[40]，志意何时复类昔日？已成老翁，但未白头耳。光武言："年三十余，在兵中十岁，所更非一。"[41]吾得[42]不及之，年与之齐矣。以犬羊之质，服虎豹之文[43]，无众星之明，假日月之光[44]，动见瞻观，何时易乎，恐永不复得为昔日游也！少壮真当努力，年一过往，何可攀援！古人思炳烛夜游[45]，良有以[46]也。

顷何以自娱？颇复有所述造不[47]？东望於邑[48]，裁书[49]叙心。丕白。

注释

① 白：陈说。用于书信，有尊重对方和自谦的色彩。

② 易得：犹如说"易积"，指时间过得快。

③ 行复：将要。

④《东山》句：《诗经·豳风·东山》感伤行役在外，不得与亲人相聚“自我不见，于今三年”，此用其典，意谓三年犹恨其长，况将四年！远，长。

⑤ 支：胜，承受。

⑥ 劳结：思念的心结，谓思情难释。劳，指劳思，不停地思念。

⑦ 昔年疾疫：指建安二十二年京师大疫。《后汉书·献帝纪》载建安二十二年“是岁大疫”。

⑧ 离：通“罹”，遭受。

⑨ 徐、陈、应、刘：徐，徐幹，字伟长，北海（今山东昌乐附近）人。曾做曹操司空军谋祭酒掾属、曹丕五官中郎将文学。陈，陈琳，字孔璋，广陵（今江苏扬州附近）人。曾任曹操司空军谋祭酒，管记室。应，应玚，字德琏，汝南（在今河南）人。曾为曹操丞相掾属、曹植平原侯庶子、曹丕五官中郎将文学。刘，刘桢，字公幹，东平（今山东泰安附近）人。曾为曹操丞相掾属、曹丕五官中郎将文学、曹植平原侯庶子。

⑩ 舆：车。连舆，车驾相连。

⑪ 席：古人席地而坐所用的坐垫。接席，座席相邻，此与上句皆言交往亲密。

⑫ 觞酌流行：不停地斟酒饮酒。觞，酒杯。酌，斟酒。

⑬ 丝竹：指音乐。丝，弦乐器。竹，管乐器。

⑭ 百年已分：一生百年的命数已经分定。

⑮ 零落：草木凋谢。此用其引申义，指死亡。

⑯ 都：汇总，聚集。

⑰“类不”句：大抵不讲求生活小节。类，大抵。

⑱ 伟长：徐幹之字。

⑲ 箕山之志：古代传说，尧时许由避世于箕山，后遂以箕山指隐居不出，不慕名位。

⑳ 彬彬君子：彬彬，文质兼备的样子。前言徐幹“怀文抱质”，即有文有质之意。《论语·雍也》云：“文质彬彬，然后君子。”

㉑“著《中论》”句：《中论》今存两卷，二十篇，其内容主要是阐发儒家传统的义理，但主张重大义，反对死拘章句的鄙儒。

㉒ 德琏：应玚的字。

㉓ 斐然：有文采的样子。

㉔ 间者：犹言近来。

㉕ 抆：擦拭。

㉖ 行：且，将要。

㉗ 孔璋：陈琳的字。章表：奏章、疏表，古代臣下向朝廷陈述意见的两种文体名。

㉘ 公干：刘桢的字。

㉙ 遒：尽。

㉚ 元瑜：阮瑀字元瑜，陈留（今河南开封附近）人。曾为曹操司空军谋祭酒，管记室。书记：书札、奏记一类文字。翩翩：文采优美的样子。

㉛ 仲宣：王粲的字。王粲山阳高平（今河南修武附近）人。曾为曹操丞相掾属、军谋祭酒、魏国侍中。续：《文选》李善注于释此句后说：“‘续’或为‘独’。”《三国志》裴注录此文即为“独”，作“独”为胜。

㉜ 体弱：文以气为主，体弱指文章气弱。

㉝ 文，指文章辞藻。

㉞“昔伯牙”句：《吕氏春秋·本味》载，伯牙善鼓琴，锺子期精于音律，善识伯牙琴音，后锺子期死，伯牙遂破琴绝弦，不再弹奏。锺子期亦省作锺期。

㉟“孔丘”句：孔丘，字仲尼。醢，用肉或鱼剁成的肉酱。亦指将人剁成肉酱的暴刑。覆，倒弃。《礼记·檀弓》载：孔子的弟子子路被醢于卫，孔子听到这个消息后遂令把醢倒掉，不忍吃相似的东西。

㊱ 逮：及。

㊲ 但：仅。

㊳ 隽：通“俊”，优秀，才智出众。

㊴ 年行：年纪，行辈。

㊵ 瞑：合上眼睛。这里指睡觉。

㊶“光武言”四句：光武即刘秀，东汉开国君主，谥光武。《东观汉记》载光武给隗嚣的信说：“吾年已三十余，在兵中十岁，所更非一。”更，经历。

㊷ 得：通“德”。

㊸“以犬羊”二句：扬雄《法言》云：“羊质而虎皮，见草而说，见豺而战。”此化用其语，谦言自己德才不足。

㊹“无众星”二句：《文子》曰：“百星之明，不如一月之光。”这里化用其语以为喻，谦言自己不称其位。时曹丕已为魏国太子。

㊺“古人”句：李善注引古诗“昼短苦夜长，何不秉烛游?”下言：“秉”或作“炳”。胡克家《文选考异》据此以为正文原作“秉”。按：《三国志》裴注录此文亦作“秉”。

㊻ 以：缘故。

㊼ 不：同“否”。

㊽ 於邑：悲伤郁结。

㊾ 裁书：裁笺作书，即写信。

讲 析

这封书札写于汉献帝建安二十三年（218）。《三国志·王粲传》节引此札言曹丕“书与元城令吴质”，则吴质当时正任元城（今河北大名）令。曹丕于此前一年被立为魏太子，常居于邺（今河北临漳）。邺城在漳水之西，元城在漳水之东，札中说“东望”伤怀，方位亦合。

吴质，字季重，以文才受到曹丕的赏识与重视，交往不断，感情甚深。吴质对曹丕此札的答笺曾追叙他们昔时的交游说：“昔侍左右，厕坐众贤，出有微行之游，入有管弦之欢，置酒乐饮，赋诗称寿。”曹丕也记载过他与吴质南皮（今河北南皮）之游的情景：“妙思六经，逍遥百氏，弹棋闲设，终以六博，高谈娱心，哀筝顺耳。驰骛北场，旅食南馆，浮甘瓜于清泉，沉朱李于寒水。白日既匿，继以朗月，同乘并载，以游后园。”都可见二人亲密交欢之状。

书札一体，广泛应用于人们之间的交往，内容最为繁杂，几乎不可界限。大体因事而别，各有主旨。孙月峰认为此篇“大约伤逝者，兼论文章”，意谓伤感已逝亲故，兼及其文章特色成就。吴质的答笺中也说此札“追亡虑存，恩哀之隆，形于文墨”。“追亡”即追怀逝者，“虑存”即忧虑生者，由逝者之遽逝耽思到生者当何以处生，这大体上说出了本篇的中心所在。

建安时期，围绕曹氏父子形成了所谓邺下文人集团，王粲、陈琳、阮瑀、刘桢、徐幹、应玚都是其中的佼佼者。建安十六年，曹丕为五官中郎将、副丞相，曹植为平原侯，都可以置官属，邺下文人大半直接成为他们的僚属，关系更加紧密，活动也趋向高潮。曹丕以其地位之尊，尤其成为众人环绕的核心。他们同乘共载，游赏饮宴，赋诗会文，欢极一时。应玚《公宴诗》说：“巍巍主人德，佳会被四方。开馆延群士，置酒于斯堂。辨论释郁结，援笔兴文章。穆穆众君子，好合同欢康。促坐褰重帷，传满腾羽觞。”可说即当时情景的真实写照。但是，好景不长。建安十七年，阮瑀死去，虽然也曾引起存者的悲伤与思索，好在只失一人，无伤大局。他们仍然可以流连光景，吟诗作赋，甚至揣摩阮瑀妻子的心理作《寡妇诗》《寡妇赋》。建安二十二年这一年大疫肆虐，“家家有僵尸之痛，室室有号泣之哀。或阖门而殪，或覆族而丧”，结果徐幹、陈琳、应玚、刘桢，“一时俱逝”。王粲虽史无明文死于疫，但也病卒于本年春。这场灾难给了曹丕巨大的震动。《三国志》注引《魏书》记载他写信给王朗说："生有七尺之形，死唯一棺之土。唯立德扬名，可以不朽；其次，莫如著篇籍。疫疠数起，士人凋落，余独何人，能全其寿？"于是开始编纂所著《典论》的篇章与平时所为诗赋。这封信就是曹丕在这样的背景与情绪下写的，邺下文人的命运，生与死的大关目，很自然地成为本篇的中心话题。伤其已逝，虑其尚存，怀往伤今，百感千绪，一齐倾倒在纸上。

书札是用于交流思想的。从总体上说，贵于从容尽怀。《文心雕龙·书记》篇说："详总书体，本在尽言。言以散郁陶，托风采，故宜条畅以任气，优柔以怿怀。文明从容，亦心声之献酬也。"而用于亲知往来的场合，就更贵于"心声之献酬"，自由无拘束地倾倒衷心之所感，使对方直接感受到心波的跃动。反之，拿派作势，矫揉造作，即使文辞华丽，也丧失了这类信札特有的亲切感。本篇之魅力，首先就来自真朴叙怀，毫无造作，似乎漫不经意，一任感情流淌，而老友的挚情自弥漫于字里行间，极诚笃深挚，又极亲切自然。

真朴，自然是文章佳境，但真朴得平直，便也未免涉于淡乎寡味。本篇则高在叙情既真朴，文势又"错落有节奏"（孙月峰评语），通过巧妙地穿插转接，回环往复，跌宕不平。文以叙相思之情发端，既自然，又为全篇定下抒情基调。一别四载，虽书疏不断，终不能慰一面之饥渴。妙在中间插入《诗经·东山》一典，不仅相思之情反跌得更加浓郁，也使文章漾起细澜。下面即转到感伤逝者，共分两段，先叹其人，后评其文。叹人一段，以伤逝起笔。徐、陈、应、刘，一时俱逝，创巨痛深，定有千言万语要说，然而只用"痛可言邪"一句刹住，含蓄浑健，有如拦河大坝，使我们想象那后面停蓄的深重的悲痛。从这句直接到下面撰其遗文一事，亦未为不可，但偏偏在此间插入忆昔一段。昔日的会聚欢歌更加映衬出眼前零落的凄凉，文章也转折起伏，变幻多姿。转到评文一段时，忽然掉笔以文人不获细行领起，使人耳目一振，摇荡有势。评文最易写得枯燥平板。然而本篇一善于变换笔法，评徐幹、应玚著述是一种笔墨，评陈琳、刘桢、阮瑀、王粲文章又是一种笔墨；二善于捕捉每人文章的突出成就与特点。分而观之，各中要害，合而读之，丰富多彩；三善于将评文与伤逝糅合为一，虽评文，不离全文伤逝的主旋律。徐幹结以“此子为不朽矣”，应玚结以“良可痛惜”，陈、刘、阮、王诸人，则以伯牙绝弦、仲尼覆醢收结。有此三长，将评文写得姿态横生。本段至“诸子但为未及古人，自一时之隽也”，文意已足；下面却又横翻出一层意思，与存者及后来者相比。存者已经不及诸人，后生可畏，后来者也许会胜过诸人，但已经不及相见。如此翻折生发，颇有余波荡漾、余音绕梁之妙。伤逝评文已毕，转入虑存。妙在拉来一个汉光武帝刘秀来作陪衬，彼此映照而言，使单线叙述的笔墨又凭空添加许多活气。结尾数语似不经意之笔，但所问在于有无“述造”，又与虑存、追求不朽紧密呼应。总之，真朴而不平直，看似无心而具匠心，使本文达到较高的艺术造诣。

本篇文字的运用也具有特色。它多用唱叹句调，诸如“思何可支”“痛可言邪”“何曾须臾相失”“忽然不自知乐也”“可复道哉”等等，贯穿全篇，迤逦不绝，大大加强了全篇伤逝抒情的气氛。东汉以来，文章句式便趋于整饬，本篇也以整饬句式居多，但它不死拘一格，不排斥散句，使整、散错落相间，读来颇富于抑扬摇曳之美。另外，整体文字简洁，故文章清通，文气畅达，即使评文部分，也毫无臃肿涩滞之感。

建安时期有些文章直接评论当代文人，如曹植的《与杨德祖书》、曹丕的《典论·论文》，开启了开展当代文学批评的风气。本篇亦如此，它在这一方面的贡献，自然也是本篇的特色之一。

寓言篇

不知己本　乘物以逞

——讲析柳宗元《三戒（并序）》

三戒（并序）

吾恒恶[1]世之人，不知推己之本，而乘物以逞[2]，或依势以干非其类，出技以怒强，窃时以肆暴，然卒迨[3]于祸。有客谈麋、驴、鼠三物，似其事，作《三戒》。

临江[4]之麋[5]

临江之人畋[6]，得麋麑[7]，畜之。入门，群犬垂涎，扬尾皆来。其人怒，怛[8]之。自是日抱就[9]犬，习示之，使勿动，稍[10]使与之戏。积久，犬皆如人意。麋麑稍大，忘己之麋也，以为犬良我友，抵触偃仆[11]，益狎[12]。犬畏主人，与之俯仰甚善，然时啖其舌[13]。三年，麋出门，见外犬在道甚众，走欲与为戏。

外犬见而喜且怒，共杀食之，狼藉[14]道上。麋至死不悟。

黔[15]之驴

黔无驴，有好事者船载以入。至则无可用，放之山下。虎见之，庞[16]然大物也，以为神。蔽林间窥之，稍出近之，慭慭然[17]莫相知。他日，驴一鸣，虎大骇远遁，以为且噬己[18]也，甚恐。然往来视之，觉无异能[19]者。益习其声，又近出前后，终不敢搏。稍近益狎，荡倚冲冒[20]。驴不胜怒，蹄之。

虎因喜，计之曰："技止此耳！"因跳踉大㘎[21]，断其喉，尽其肉，乃去。

噫！形之庞也类有德，声之宏也类有能，向不出其技，虎虽猛，疑畏，卒不敢取；今若是焉，悲夫！

永[22]某氏之鼠

永有某氏者，畏日[23]，拘忌异甚。以为己生岁直子[24]，鼠子神也，因爱鼠。不畜猫犬，禁僮勿击鼠。仓廪庖厨[25]，悉以恣鼠[26]，不问。由是鼠相告，皆来某氏，饱食而无祸。某氏室无完器，椸[27]无完衣，饮食大率鼠之余也。昼累累与人兼行，夜则窃啮斗暴[28]，其声万状，不可以寝，终不厌。数岁，某氏徙居他州，后人来居，鼠为态如故。其人曰："是阴类恶物也，盗暴尤甚。且何以至是乎哉！"假[29]五六猫，阖门撤瓦灌穴，购僮罗捕之。杀鼠如丘，弃之隐处，臭数月乃已。呜呼！彼以其饱食无祸为可恒[30]也哉！

注　释

① 恒恶：始终讨厌。

② 逞：满足，快意。

③ 卒：终于。迨：及

④ 临江：唐县名，今江西清江。

⑤ 麋：鹿类动物。

⑥ 畋：打猎。

⑦ 麑：鹿仔。麋麑指幼麋。

⑧ 怛：畏惧，惊恐。

⑨ 就：靠近。

⑩ 稍：渐。

⑪ 抵触：顶撞。偃仆：躺卧。

⑫ 狎：亲密玩耍。

⑬ 啖其舌：咂嘴舔舌，欲吃的表现。

⑭ 狼藉：这里指尸骨纵横的样子。

⑮ 黔：即唐黔中道，治所在今重庆彭水。

⑯ 龙：通“庞”。

⑰ 慭慭然：小心谨慎的样子。

⑱ 且噬己：将要吞食自己。

⑲ 异能：特别的本事。

⑳ 荡倚：靠着摇。冲冒：冲撞。

㉑ 跳踉：猛扑上去。大㘎：大嚼。㘎，同“啖”。

㉒ 永：永州，今湖南永州。

㉓ 畏日：对日辰的迷信忌讳。

㉔ 直：通“值”，正当。子：十二地支之一，十二支与十二属相相配，

子年为鼠年，故下云鼠为子神。

㉕ 仓廪庖厨：粮仓厨房。

㉖ 恣鼠：任鼠吃食。

㉗ 椸：衣架。

㉘ 窃啮：偷着咬食东西。斗暴：互相打架。

㉙ 假：借。

㉚ 恒：永久。

讲　析

柳宗元名列“唐宋古文八大家”之一。他曾参加唐顺宗时以王叔文为首的“永贞革新”，失败后被贬官永州（今湖南永州）司马。本篇作于贬官之后。这时作者已经历过漫长的宦途生涯和复杂的斗争，有了丰富的社会阅历和深切的人生体会，遂将其中足以垂诫世人的内容，写成寓言，以警来者。《论语·季氏》载孔子语云：“君子有三戒。”本篇主旨虽只一个，事类则区分为三，乃取“三戒”二字以名篇，隐含君子不可不戒之意，加深了题意的内涵，可谓善用古典。

“寓言”这一名称，很早就有了。庄子就喜欢用寓言的形式生动地表述思想，司马迁《史记》说，庄子“著书十余万言，大抵率寓言也”（《老子韩非列传》）。庄子为什么爱用寓言表现思想呢？《庄子·寓言》篇云“寓言十九”，晋人郭象《庄子注》解释说：“寄之他人，则十言而九见信。”即不作为自己的话，而托为他人之语，便十分之九为人所信。所以庄子所谓的“寓言”，“寓”字乃是“寄”之义。陆德明《庄子音义》更明说：“寓，寄也，以人不信己，故托之他人，十言而九见信也。”《寓言》之意只是托为他人之言，以便取得更多人相信。庄子书中，或托之古人，或托之同时人，或托之虚拟人物，诸如尧、许由、老聃、孔子、惠子、东郭子、北海若、藐姑射山神人等，不一而足，很少作为他自己的话说。这可以算是“寓言”的一种，只是托为他人言语，并不带有故事性。先秦历史散文和诸子散文中常有些寓言小故事，如《孟子》中的“揠苗助长”，《韩非子》中的“自相矛盾”，《吕氏春秋》中的“刻舟求剑”，《战国策》中的“画蛇添足”“鹬蚌相争”等，虽为故事，大都插在文章之中，类似使用比喻以助说理，都不独立成文。柳宗元的寓言前进了一步，独立成篇，便成为文学体裁之一了，这是柳宗元对文学样式的贡献。

寓言的基础是其中寓含劝惩意义的道理与教训。本篇所要揭示的道理与教训，序文中已经交代得很清楚，即“不知推己之本，而乘物以逞”，自致杀身之祸。也就是说不掂量自己的本事，而借某种机缘，任性妄为，结果自蹈死路。在社会上，人们行事不知推己之本，自古及今，均非罕见。本篇所指对象的这种广泛性，决定了它教谕的深切，不仅具有极大的概括力与震撼力，而且具有永久的生命力。其中《黔之驴》形成“黔驴技穷”的成语，千百年来为人们习用。

寓言的特点是不直接说理，而将道理教训寓于故事之中，通过故事以明理。故事与道理必须切合无间，使人读其事即得其理，以理明事圆为上乘。所谓理明，就是道理要深刻明晰；所谓事圆，即故事要生动完满。道理过于笼统浅薄，则寓意不清和无谓；故事不圆满，则缺乏引人的力量。本篇的妙处就在于，它并不停留在“不知推己之本，而乘物以逞”这一笼统的观念上，而是通过敏锐的观察，攫取住三种不同的表现，区分为三种更为具体的教训：或“依势以干非其类”，或“出技以怒强”，或“窃时以肆暴”，将一化而为三，并为它们各自找到了最恰切的故事，即“临江之麋”“黔之驴”“永某氏之鼠”，堪称理明事圆的佳作了。

《临江之麋》篇讲一个临江人打猎，获得一只麋仔，抱回家，家里的狗全扑上来要吃它，被主人斥喝住，主人为了使狗与幼麋和平相处，天天抱着幼麋与狗嬉戏，时间长了，变得很亲密。幼麋渐渐长大，遂以为狗是他的好朋友。三年后，幼麋出门看见别家的狗，也前去与之狎戏，结果成为外犬的口中物。麋麑忘了自己之为麋麑，任性狎犬，一旦失去主人庇护的条件，立即遭难。这用来说明“不知推己之本”，“依势以干非其类”，真是再恰当不过了。

《黔之驴》篇讲黔中道本来没有驴，好事的人从外地弄来一头，也派不上用场，就散放在山边。当地老虎看见，好大一个东西，摸不清底细，竟以为神。然而经过反复观察试探，惹怒了驴，驴蹶蹄踢向老虎。老虎了解到其本事不过如此，便扑上去将它吃掉了。驴在强者面前暴露出浅薄的本事，自然技穷身亡。这用来说明“不知推己之本”，“出技以怒强”，也是铢两悉称的。

《永某氏之鼠》篇讲永州某氏生肖为鼠，出于迷信的忌讳，护鼠备至。老鼠得此机缘，便恣意横行。后来居室换了主人，仍依然故态，但是时移人易，遂遭聚歼之祸。老鼠忘了自己属于人们厌憎的阴类恶物，钻了时机的空子便以为可以永久饱食无祸，结果情势一变，灾难便旋踵而至。这用来说明“不知推己之本”，“窃时以肆暴”，同样如响应声。

三条教训，三个故事，各自都如榫入卯，天衣无缝，使人读其故事即默契其理，构思是非常巧妙高明的。寓言的基础虽是其中所寓的教训，其艺术感染力却主要取决于故事的生动。作者没有片面地把故事视为运载教训的简单工具，草草了事，而是把每个故事都作为真正的文学作品精心创作。三篇故事无不首尾完整，意趣盎然，不仅取喻当，而且体物精妙，读来津津有味，引人入胜，真有使人“悦其解颐，忘其猛醒”（清人孙琮评《三戒》语）之力。

首先是善体物情。寓言可以采取人间的故事，多数则将动植物拟人化，本篇则主要是以动物为主角，通过动物来表现。作者沿着拟人化的路径，将动物在各种情势下的心态揣摩透彻细腻，篇中的麋、犬、虎、驴、鼠，无不写得情理自然，活灵活现。如写黔地的那只老虎，因为从没有见过驴，一见驴这个庞然大物，便惊以为神。先是躲在树林的背后偷偷地窥视。后来渐渐地走出来，小心翼翼地靠近驴，终不知是种什么东西。老虎听驴一声长鸣，还以为要吃自己，吓得远远地跑开。经过往来观察，驴好像并没有什么特殊的本事，但老虎还不敢贸然行动。老虎渐渐习惯了它的鸣声，在它前后转悠，终不敢贸然相犯，又开始用种种行为试探，从狎戏到靠着摇、冲撞，直到将驴激怒，使它使出看家的本领——蹄之，彻底摸到“技止此耳”的底细，才猛攫大嚼。在虎不识驴的特定条件下，老虎对驴的摸底过程及其心态，可以说揣摩入微，所以才将虎写得如此有态有神，栩栩如生，令人拍案叫绝。

其次是善摹物状。本篇不只揣摩物情入情入理，描摹物状也形象鲜明，使人如亲临其境，亲见其景。如写老鼠乘时肆暴、横行无忌的情形：“室无完器”，器皿无不被老鼠扒倒撞翻有了破损；“椸无完衣”，衣装也无不被老鼠咬啮得残破不堪；“饮食大率鼠之余”，食物浆饮无不是老鼠吃剩的东西。白昼老鼠与人并行不惧，夜晚则偷噬咬闹不休。一笔笔勾勒下来，笔无虚墨，移步换形，将老鼠的众多与其猖獗横行之状，刻画得淋漓尽致，历历如见。刘师培评柳文说：“咸能类万物之情，穷形尽相，而形容宛肖，无异写真。”（《论文杂记》）确非过誉。柳宗元自言其文“参之太史以著其洁”，他的描写文的高处，尤在简妙传神。作品善于捕捉最能显现事物特征的行为或细节，往往几个字就将事物的形象鲜明地凸显出来。如写犬欲食麋麑，“群犬垂涎，扬尾皆来”，流着口水，摇着尾巴，群犬馋涎欲滴，一哄而上的情态活现纸上。写犬在主人的挟制下，不得不与幼麋和平共处，但虽与麋“俯仰甚善”，却“时啖其舌”，那一种欲食而不敢的强忍之态，也跃然目前。写虎躲在林子里窥视驴，“稍出近之”，活现老虎心怀畏惧、小心翼翼向驴靠近的情景。而听驴一鸣，“大骇远遁”，“远遁”二字也使人立见老虎没命逃开的形象，有力地显现出老虎恐惧的程度。写鼠白昼“累累与人兼行”，一个跟着一个与人并行不惧，以此细节表现其对人肆无忌惮之态，可说力透纸背。而写其夜里，“窃啮斗暴，其声万状”，虽只八个字，不仅使人如见众鼠群咬嚼食物、争夺撕斗之景，还如闻噬啮物品、扒翻器皿、咬斗嘶叫、追逐窜逃之声。柳宗元的善于以简笔传神，往往有颊上添毫之妙。

寓言的根本目的与落脚点毕竟在传达教训，不是为故事而故事，为形象而形象，这不能不给寓言的艺术创作带来一定的特点。本篇三个故事虽都巧于编织，工于描写，笔墨的运用却绝非漫无目标，无论是故事的构造，材料的取舍，用笔的繁简，无不以所寓的教训为轴心。所谓“手写本事，神注言外”（林纾评柳氏寓言之语，见《春觉斋论文》），描写在故事，心思在教训。所以本篇不只故事引人入胜，对于显现主旨来说也明晰精妙，使寓言的生动性与教训的鲜明性达到了完美的结合。如《临江之麋》，笔墨集中在主人的庇护，犬受主人挟制，麋之忘己为麋，而对主人、犬、麋又各突出其主要之点。如犬，着重展示其食麋本性。当主人怀抱幼麋一入门，它们便流着口水，摇起尾巴扑来。后来在主人的呵斥管制下，处处都依主人的意旨，但虽与麋麑"俯仰甚善"，却仍"时啖其舌"。将犬的猎食本性写足，就为麋麑终为外犬所食做好了铺垫。对麋麑则着重写其在主人庇护下的得意忘形，从与犬戏，到直以为"犬良我友"，以至"抵触偃仆"，无所不至。这与其结局为外犬所食，而"至死不悟"，如声响之相应。《黔之驴》重在虎对驴的试探过程和驴耐不住挑逗而出技的情态，尤为明显。《永某氏之鼠》除交代某氏因忌讳而爱鼠之外，主要是勾画老鼠的乘时肆暴，写得笔酣墨饱，与本篇的教训"彼以其饱食无祸为可恒"紧密关合。笔墨运用上的这种目标集中，使得本篇不仅故事生动，形象鲜明，而且文笔精粹，篇幅短小，主旨清晰突出，绝无支离之感。

本篇每一故事的结尾，作者还善于用画龙点睛之笔，不论是含而不露，还是有意发挥，都与作者冷峻犀利的笔墨风神相一致，具有力重千钧，发人猛醒之力。《临江之麋》结云："麋至死不悟。"《永某氏之鼠》结云："彼以其饱食无祸为可恒也哉！"各以一语冷然作收，都如当头棒喝，使人矍然警觉。读了这点睛之笔，再回过头来咀嚼故事，真是回甘有味，更加令人神往。

寓意深切　宣言凌厉

——讲析龚自珍《病梅馆记》

病梅馆记

江宁[1]之龙蟠[2]，苏州之邓尉[3]，杭州之西溪[4]，皆产梅。或曰[5]：梅以曲为美，直则无姿；以欹[6]为美，正则无景；梅以疏[7]为美，密则无态。固也[8]。此文人画士，心知其意[9]，未可明诏大号[10]，以绳[11]天下之梅也；又不可以使天下之民，斫[12]直，删密，锄正，以夭[13]梅、病梅为业以求钱也。梅之欹、之疏、之曲，又非蠢蠢[14]求钱之民，能以其智力为也。有以文人画士孤癖之隐[15]，明告鬻梅者，斫其正，养其旁条，删其密，夭其稚枝[16]，锄其直，遏[17]其生气，以求重价，而江、浙之梅皆病。文人画士之祸之烈至此哉！

予购三百盆，皆病者，无一完者。既泣[18]之三日，乃誓疗之，纵之[19]、顺之[20]，毁其盆，悉埋于地，解其棕缚[21]。以五年为期，必复之全之。予本非文人画士，甘受诟厉[22]，辟[23]病梅之馆以贮之。乌乎！安得使予多暇日，又多闲田，以广贮江宁、杭州、苏州之病梅，穷予生[24]之光阴以疗梅也哉？

注　释

① 江宁：即今江苏南京，清代江宁府治所在此。

② 龙蟠：地名，在南京清凉山下。

③ 邓尉：邓尉山，在苏州西南，亦名光福山。西临太湖。因纪念东汉太尉邓禹而得名，邓禹辅佐刘秀建立东汉，官至太尉，晚年隐居此山，故名。此地从汉开始即植梅，有方圆十多里的梅林，花开时皑皑如雪，清香袭人，故有“香雪海”之称。

④ 西溪：水名，在杭州灵隐山西北，溪水清澈，通向钱塘江。

⑤ 或曰：有人说，或有一种说法。

⑥ 欹：歪斜。

⑦ 疏：枝条稀疏。

⑧ 固也：固然如此。

⑨“此文人”二句：意谓文人画家心中有这样一种认识。

⑩ 明诏大号：公开诏告，大肆号令。

⑪ 绳：木工用以取直的墨线。这里用作动词，衡量约束之义。

⑫ 斫：砍伐。

⑬ 夭：弯曲，《说文》“夭，屈也。从大，象形”，引申为摧折之义。

⑭ 蠢蠢：愚昧无知。

⑮ 孤癖之隐：内心独特的偏好。

⑯ 稚枝：嫩枝。

⑰ 遏：压抑，抑制。

⑱ 既泣：已经为之哭泣。

⑲ 纵之：放纵，解除其一切压抑摧折。

⑳ 顺之：顺其自然生机生长。

㉑ 棕缚：捆绑的棕麻绳。

㉒ 诟厉：辱骂呵斥。

㉓ 辟：开辟，创建。

㉔ 予生：我的一生。

讲　析

此文是为“病梅馆”作记。作者自言建造了一座病梅馆，专门贮藏病梅。里面的三百盆全是买来的。很显然，这些都不过是假托为文，子虚乌有，是作者汲取寓言文学精神，有意用此寓言形式，却又不同于一般寓言故事形态，这里显出了作者为文的创造性。

梅怎么会病呢？是源于“文人画士孤癖之隐”，来源于他们的一种偏好，他们为梅立下一个标准：“梅以曲为美，直则无姿；以欹为美，正则无景；梅以疏为美，密则无态。”于是以卖梅为生的人，乃“斫其正，养其旁条，删其密，夭其稚枝，锄其直，遏其生气，以求重价”，所以梅都成了病梅。梅不能依其本性、自然生机自由地生长，成了文人画士孤癖之隐的雕塑品。

龚自珍处于封建社会末期，社会上的正统思想，仍是程朱理学占统治地位，严重禁锢思想。选人用人仍是科举制度，以八股文取士。在这样的思想文化政策下，只能培养鹦鹉学舌的庸人，与有独立思想的英杰无缘。龚氏一直对此种压抑思想、扼杀人才的现象，怀抱愤慨，曾大声疾呼：“九州生气恃风雷，万马齐喑究可哀。我劝天公重抖擞，不拘一格降人材。”文章的寓意很清楚，正是针对现实文化状况而发，针对封建专制主义的文化政策而发，意义深刻而富有斗争性。所谓“文人画士”绝不可以认为只是指文人画士群体。

为病梅馆作记，以盛植梅树的三地开端。一连罗列三处，警动有力，是个好开篇。紧接着便举出文人画士偏好的梅之美的标准，用一“固也”打住。“固也”，固然如此。先置此一肯定语，下面便翻转大批，转折有势，不落平直之局。一曰文人画士可以心有其意，但不可以之为标准衡量天下之梅；二曰又不可让售梅者“斫直，删密，锄正，以夭梅、病梅为业以求钱”；三又语带讽味地正言宣布说，梅的欹、疏、曲也不是售梅求钱的人的智力所能做到的。一口气三个层次，清晰劲健，表现出作者文笔凌厉的特殊风格。之后，以鬻梅者迎合文人画士偏好之害结束，点题显豁，揭露深刻。

文章的后一段写其医治病梅的决心与坚强意志，先是购之，继而泣之，继而疗之，继而以五年期之，动作、心愿一个接一个，联翩而出，决心之大，意志之坚，随文而显，笔劲力遒。末尾，又是不怕诟厉，又是辟病梅之馆，又是穷一生光阴以此为业，其心之挚诚亦洋溢纸面。